さらばあやしい探検隊　台湾ニワトリ島乱入

椎名 誠

角川文庫
21803

目次

今回の乱入メンバー

椎名 誠 71歳

今回の大テーマ「男だらけの大合宿」に鋭く迫り、のんべんだらりんを強く願う「あやしい探検隊」隊長。

太田篤哉 70歳

新宿で数店舗の居酒屋を経営する新宿のナポレオン（ただし睡眠時間だけ）。台湾である果物にハマる。

名嘉元三治 60歳

沖縄は伊江島出身の島人。太田の店で店長をしたのち独立する。ビックリすると「アギジャビヨウ」と叫ぶ。

宍戸健司 54歳

実はKADOKAWAのエライ人だがそうは見えない。油物を愛するアブラ人として恐れられている。

山下直希 51歳

50歳直前でドレイに志願した関西在住デザイナー。奇特な髪型からピスタチオという名で親しまれる。

西澤 亨 48歳

べらんめえ口調と傍若無人な振舞いで周囲を無意味に威圧する。必ず何かやらかしてくれる副隊長。

岡本宏之 46歳

竿を振り回しどこへ行ってもルアーで大物を引っ掛けてくるので即戦力として入隊した。中国語を操る。

斎藤 浩 46歳

かつては大食いデカバラ担当だったがヘルシー路線に堕落した大手出版社カメラマン。

齋藤海仁 46歳

幼少時から釣りにすべてを捧げてきたエース。マヌル攻撃からどう生き延びるか注目されている。

藪内辰哉 45歳

ピスタチオと共にドレイ志願した関西組組頭。「藪内刷毛工場」を経営し、歯ブラシを大量に差し入れる。

川野充信 44歳

関西ドレイ組のひとり。3年前から発症した痛風をケアしつつ、足を引きずって台湾に上陸した。

近藤加津哉 44歳

釣り雑誌や釣り番組で取材を続ける釣りのジャーナリスト。しばしばワルコンになり、イカ太郎にもなる。

香山 光 44歳

いつでもどこでも電撃的に参戦し風のように去ってゆく大手出版社社員。得意技は説教。

平石貴寛 43歳

ワシントン在住で企業コンサルティング会社勤務の海外組。本当は岐阜あたりに住んでいるという疑惑あり。

天野哲也 42歳

近藤とは学生時代からの友人。入隊当時は１００キロだったが、現在は１３０キロのドスコイ族。

單 汝誠 42歳

日本に留学経験をもつ台湾人カメラマン。旅のガイドとして参加するが呆れて逃亡しないか心配。

小迫 剛 39歳

隊の胃袋を満たす料理長。ミュージシャンとしても活躍している。台湾では即席バンドを結成する。

田中慎也 38歳

フットワーク軽くどこにでも行くが、すぐに酔って千鳥足になる頼りない専門ベンゴシ。

橋口太陽 38歳

長崎県出身のドレイ兄弟の兄。済州島で海女さんに弟子入り志願するも、シッタカしか拾えなかった。

似田貝大介 37歳

編集担当として初参加。当初は殊勝な態度を見せたが、その実、白飯を食いまくっただけだった。

大八木 亨 37歳

名嘉元の店で働いた後に独立し人気店で腕を振るう。名嘉元の弟子、つまり太田の孫弟子にあたる。

新里健太郎 37歳

他社の動向を嗅ぎ付け『週刊ポスト』で連載中の「雑魚釣り隊」の取材もしようと参加した某社編集。

竹田聡一郎 36歳

「ドレイがしら」という謎の役職に就き、旅のリサーチとコーディネートを担当。本業はフリーのライター。

内海裕之 36歳

本業はカメラマン。シーナのアイスランド取材に同行した際にスカウトされた。フル参加で撮りまくった。

橋口童夢 35歳

ドレイ兄弟の弟。兄とは小中高大就職先まで一緒だが、弟はずる賢くサボりに長けている。

榊原大祐 34歳

旅の後半の進行を担う担当編集。台湾取材への気負いはまったくなく、完全にただの旅人モード。

庄野宣行 32歳

徳島県出身。とある大会で阿波踊りをしまくっていたところをシーナに拾われたドレイ。通称ショカツ。

加藤寛康 32歳

内海と同じくアイスランド取材に同行し、シーナに出会ってドレイになった、隊唯一のサーファー。

加藤潤也 29歳

大手メーカーに勤める今回最年少のドレイ。ゆとり世代ドレイとしての地位を確立させつつある。

※年齢順。年齢は台湾入国時のもの。

台湾基本データ

名称
中華民国／Republic of China

広さ
周囲約1100㎞。南北に約400㎞、東西に約140㎞。面積約36000㎢。ほぼ九州と同じ面積だとか。

人口
約2340万人(2015年時点)。ちなみに九州の人口は約1300万人。

位置
ユーラシアの東南沿岸、東シナ海南に浮かぶ。今回巡る、台湾の南のエリアでいうと、香港、ホノルル、ハバナ、マイアミなどがほぼ同緯度に位置する。

気候
中央を通る北回帰線を挟んで、北は亜熱帯気候、南は熱帯モンスーン気候に分類されることも。四季はあるが日本のようにハッキリしているわけではなく、年中温暖といえる。

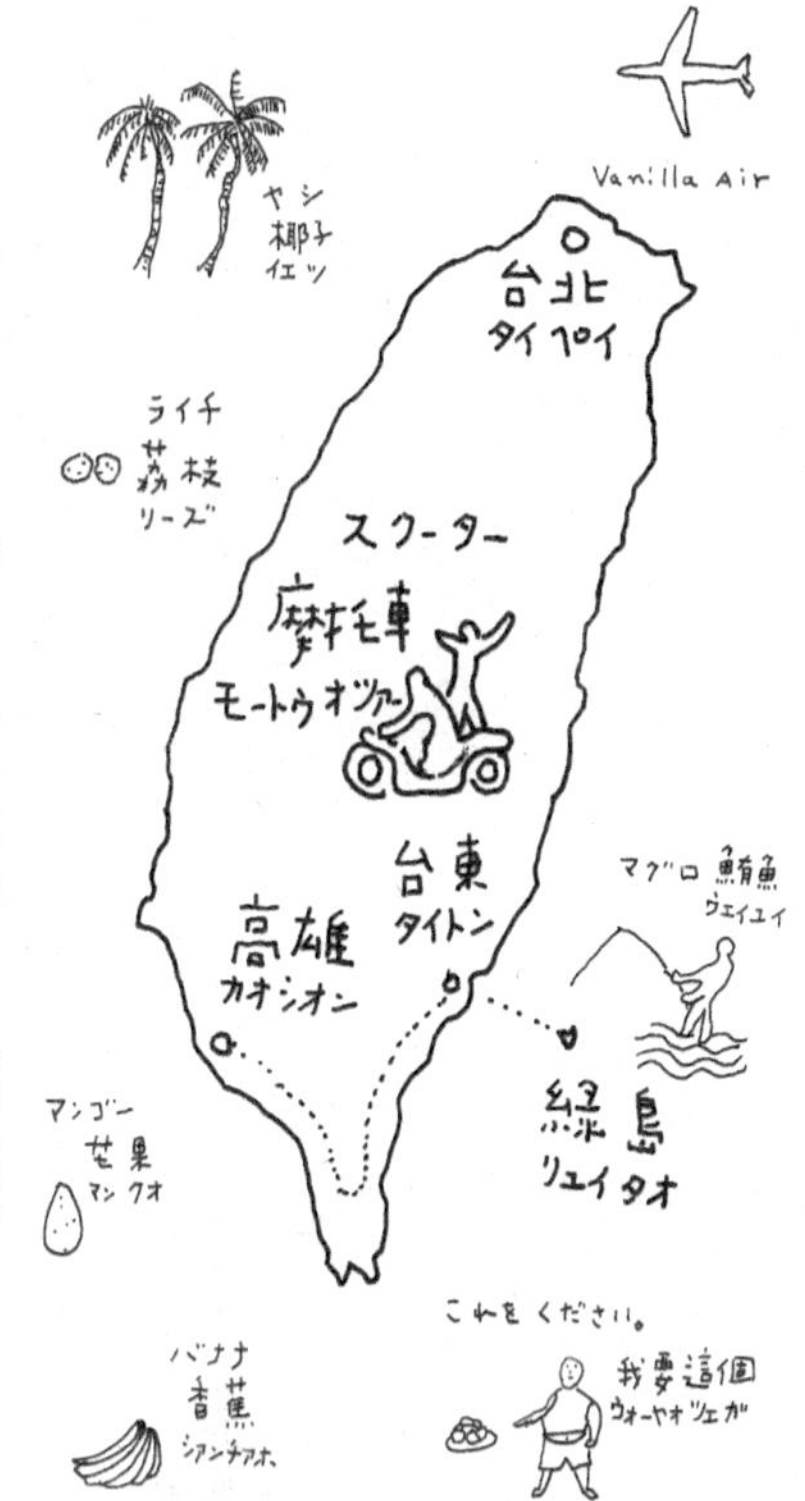

台東について
台湾島の東南エリアで太平洋に面している。高雄から車で4時間。電車で3時間半。アミ族をはじめ台湾原住民集落が点在し、北京語はもちろん台湾語も伝わらないエリアもあるらしい。台東では古くから農業が盛んで、台湾人に言わせても「好山好水好空気」だとか。台東沖に浮かぶ「緑島」は台東のリゾート地としても知られ、近海もののカジキマグロやマンボウなどは名物に数えられる。また温泉も点在している。台東名物には釈迦頭というフルーツが挙げられる。あと箸でつかめないうどんのような米苔目もある。

本文イラスト　沢野ひとし
本文写真　内海裕之
取材協力　バニラエア

わしらのいくとこ何処ですか

目的のよくわからないタンケン隊

だいたいおれたちは二年から三年おきにタンケンと称して合宿遠征をする。このところの都会における研究室の成果を現地にいって調査確認し、どこかに発表する、などというういわゆるひとつの学術的目的などはまったくない。あるわけない。ただし時々現地から呼ばれて行くことがある。バリ島なんかはおれたちの釣りの技術の腕を見込まれて（？）先方に招待されたのだ。結果はあまり書きたくないが。

その前のニューギニアは野球をやりにこっちから勝手に行った。これはいきなり攻めていったのでこっちが勝った。体力的におれが全盛の頃のことだった。そのときもオモテむきはタンケン隊を名乗った。しかしタンケンの目的は自分らもよくわかっていない。

「目的のないタンケンですか？」

「いや、まったく目的がないわけじゃないのです。エト、まあアレです。知らない国の知らない土地にいって何かめずらしそうな食い物があったら迷わず食うとかですね」

「食うだけですか？」

「まあ、とりあえずそうなりますね。コレ食ってみると案外うめえなあ、とか、色あい恰好のわりにはどうということもないじゃねーの、とか」

「それで、おわりですか？」

「ま、そのあと冷たいお茶を飲んだり、お店のおねーさんに午後の天気ぐあいを聞いたり」

「で、午後からタンケンですか？」

「ま、そう急かせずにねがいます。あれがタンケンというのでしたらそういうことになりますね。足の向くまま気の向くままですが」

……うろおぼえながら、この会話、ほとんど本当の話なのである。外国での出来事だったが、日本から壮年の男たちが二十数名もやってくる。おそらくそういう情報を聞いたからなのだろう。

「いったいこの国のこの小さな島のどこへいかなる目的でタンケン隊が」と現地の新聞は真にうけてしまったのだ。

その取材は四十分ぐらい続いたが、とうとう彼らの知りたいことは何も聞けなかったはずだ。ネが真面目な国民性らしくわしらのジョウダン的なものがまるで通用しなかったのだ。そうだ。それは済州島だった。

おれたちだって二十人もの集団でその国にはいりこんで、半月のあいだ何を目的に何をするか、というポリシーもそれにともなう綿密な計画などもまるで何もなかったのであるから。したがって真面目に聞かれても何も話のしようがないではないか。

そういうコトがあったので次からは「目的はないがあるかもしれない。それはいろいろあとさきの問題があって秘密なわけです。などとわけのわからないことを言って相手をケムにまきつつめざす国に乗り込んじゃう」というタンケン隊唯一の行動規範というものをこしらえた。

「とはいえ、次の目的の場所がまだ決まってませんね」

その年（二〇一五年春）おれたちのアジトである新宿三丁目の居酒屋でタンケン隊の幹部が集まっていろいろ飲んで酔いながら最初の相談をしたときのことだ。

我々は二〇一〇年に二台のクルマにキャンプ道具その他を積み込んで茨城から出るカーフェリーで北海道の苫小牧に上陸し「北海道一周」の旅をした。そのときは「飽食日本の爛れた現状をいましめるために、食物をお布施のようにいただきながら最低限の費用であのでっかい島をひとまわりできるか実験しよう」という今思えば純粋な目的、崇高な精神があったのだ。

　ところがその情報集めと物乞い（ものごい）をする担当隊員が真面目すぎた、という側面があった。さらに、そいつは目的地に食い物がないと知ると一歩も歩けなくなるような「大食い」だったので、心配のあまりあちらこちらの情報を仲間から聞いてツテをさぐっては連絡しまくり、結果的にはあまりにもいろんな人に連絡していろんな食い物を貰（もら）いすぎる。というとんだ飽食旅になってしまったのだった。

アワビ粥の秘密をさぐれ

　そこで次のタンケン合宿は知り合いは誰もいない、しかも地理もよくわからない済州島で約半月のタンケン合宿にした。さっき書いた現地新聞のインタビューがそのときのコトなのである。

　そういう出たとこ勝負というのもなかなか面白そうだ。その旅をもっとも喜んだのは沖縄出身の名嘉元（なかもと）だった。

「北海道のテント生活は冬じゃないのにやっぱり寒かったと聞いたのさ。だから行くなら絶対南だな」

と叫んでいたのだ。そんなわけだから目的といったら「北海道より暖かいところ」というぐらいで済州島にやはり二十人で乱入したのである。意味も理由もよくわからないわけでしょう。

でも行ってみてわかったのは季節にもよるのだろうけれど、済州島はそんなに南にあるわけじゃないし、暖かいわけでもない。というコトだった。ひとつだけそれが「目的」だといったらあまりにもナサケナイ話だが、四〜五年前に週刊誌の取材で単独で済州島にいったときは晩秋だったのでやたら寒かった。けれど予備知識なしにいきなり「アワビ粥」というものに遭遇し、わがココロはタハタハ化したのだった。

といってもそれが何だかわからないだろうから、前回の本を読んでいないヒトのために簡単に説明しておきましょう。

済州島の特産物のひとつは「鮑」である。まだ現役の「海女」がいて海の底から鮑をたくさんひっぺがしてくる。

この鮑の殻を外してタワシに塩をつけて全体をよく揉みこすりする。すると鮑はびっくりしてどんどん身を固くしていく。それをしっかり握って、まあたとえて言えば「ダイコンオロシ」のようなものでどんどん削ってしまうのである。

いくら塩で揉まれてカチンカチンになってしまったとはいえ鮑はまだ生きているのである。生きたままダイコンオロシによって身がどんどん小さく削られていくのである。鮑としてはたまったものではない。読者だって鮑の身になってごらんなさい。

「あっ！　なんてことすんだ。あっ、オレがどんどん小さくなっていくじゃないか。あっ！　てめえほんとに何する気なんだ」

そう言って怒りまくるがやがて鮑は肝などとともに全身粉砕されてしまう。

いっぽうでお粥がつくられており、この鮑と一緒にぐらぐら炊かれてしまうのだ。このお粥は鮑の肝が入るので全体に淡い緑色となっていてヒジョウに美しい。そしてヒジョウにうまい。一杯くったら必ず二杯だ。二杯くったら……。

おれのこの話が全部終わる前に次のタンケン目的地は満場一致で済州島にきまり、そこで何をなすべきか、ということも決まってしまったのである。

つまり誰か潜っていって鮑をひっぺがし、夜は鮑粥宴会、という単純目標だ。

我が集団の決断は早い。しかし実力はいつも曖昧だ。水泳と潜水のうまい奴に実際に潜らせてみたが、海水は冷たくて足ヒレもなくウェイトも巻いていないので三メートルも潜れない。でも間違って鮑などとってしまったら確実に罰せられる。結果的にはシジミより小さなシッタカ貝六ケしかとれなかった。シッタカ貝をダイコンオロシで削るのは至難の業だ。

まあこういういきさつもあったから今度のタンケン場所は、この二回の失敗の経緯を踏まえてなんとなく最初から決まっていた。

決め手のヒトコトはまたもや隊の幹部でもある沖縄生まれ、沖縄育ちの名嘉元三治。新宿の沖縄居酒屋「海森」の店主だ。

「次はとにかく本当にあったかいところがいいさあ。北海道は寒くて嫌だったから行かなかったのさあ。あったかいところだったらおれなんかタオルハチマキ一本で三日は暮らせるから、沖縄に近い済州島にいったわけだけれど、行ってみるとあの島は案外寒い。北風ぴゅうぴゅう。だって風避けのための石垣があちこちいっぱい並べてあるからアギジャビヨウであるわけさ。だから今度は絶対暑いところにいきたいのさあ」（注＝アギジャビヨウ：沖縄の言葉でびっくりしたときなどにつかう）

「そだねぇ。すると次はあやしい探検隊三部作のファイナルだから、もっと南の、しかもナゾに秘められたイースター島とかミコノス島あたりで神秘的にシメル、ということになりますかね」

増殖するドレイ群団をまとめる「ドレイ頭＝通称おかしら」の竹田が言った。

「でもそのあたりはきっと観光客ばかりじゃないの。どこいっても中国人だらけのような気がするなあ。それにそのあたりどんなサカナがとれるかわからないし」

　コンちゃんは今話題に出た島には消極的だった。我々は合宿共同生活が前提だから、食料も原則自給自足である。とくにタンパク質関係は大丈夫。釣り人の多い我々は海からけっこうタンパク源をとってくるからだ。その主力であるサカナについて一番くわしい「漁労長」のようなコンちゃんの意見だから無視するわけにはいかない。

「それと、おれ、このごろヒコーキのキャビンの閉鎖空間は五時間が限度になっちゃった。空気がとまっているのは嫌なんだ。まあアイスランドとかパタゴニアなんて人生的なところへ行くなんていうんだったらヒコーキに乗ったらすぐさま死んだつもりになって運ばれていくけれどさ」

　おれはわがままなことを言った。

　それからいろいろな意見がでたが気温と距離と費用などの関係でなかなか決まらない。

　竹田の持ってきた地図を見ていると沖縄の先〝台湾〟の南のほうに、いままで気にもとめていなかった小さな島がいくつか見える。小さいと言っても地図のうえだから近くにいけばどれもそこそこの大きさはありそうだ。

　フライトも丁度四時間ぐらいで高雄（カオシュン）の空港につき、そこから電車もしくはクルマで三〜四時間山越えして太平洋側に出る。そこに田舎町があって、海側にどんどんすすむとそれらの属島をつなぐ船便の港がある。定期船が出ているのが蘭嶼と緑島。別の港から出ていく連絡船には小琉球という魅力的な名の小島もある。

ついさっきまでまったく知識になかった島の名が次々に出てくるのでみんなココロ動いた。

済州島遠征のときもそうだったが、竹田のフットワークときたらどんな強豪チームのフォワードも負ける。なにかハナシが決まりかけるともう動いている。サッカーでいえば球のとんでくる方向五〜六秒後が正確にわかっているようなもんだ。

小琉球島での敗北

最初の打ち合わせがおわって二日後に竹田は単身調査隊として「小琉球」という島にわたっていた。港から連絡船で三十分ぐらい。珊瑚礁に囲まれた外周一二キロぐらいの、いわゆるトロピカルアイランドそのものだったからなかなかよさそうだったが、最初に一望した段階で「こりゃだめだ」と判断したらしい。カップルだらけだったのだ。それもやっぱり中国人が多そうだ。

　それでもせっかくここまできたのだ。バイクを借りて島をぐるっと回った。わしらの遠征隊（恥ずかしいのでもうタンケン隊とはいわない）は今回も二十人ぐらいで約半月の合宿滞在になる。それだけの人数が文句も言われず、とびきり安く泊まれる宿が目標だ。

　でも島全体がリゾートアイランド化しているからテラス付きオーシャンビューに飾り窓つき。化繊の白いレースのカーテンが南風にあおられるたびに中国人だか台湾人だかのカップルがしっかと抱きあっているのが見える。

「黄さんとても愛してるわ」

「蘭ちゃんぼくだって」

「どのくらい愛してる？」

「蘭ちゃんが愛しているくらいだよ」

「黄さんわたしはその倍よ」

「ぼくはその倍の倍だもの」

　なんぞと言って永遠の愛をずっと日暮れまで確かめあっているカップルだらけのショートケーキのようなプチホテルふうばかりだ。

　宿のおばちゃんは日本語はもちろん英語もまるで通じないので竹田は「我求民宿格

安大部屋自炊専門焼魚焼鳥賊可？　不可？」（集団で自炊しながら安く泊まれる宿はあるかないか？）と理解される筈の大きな文字を書いて四十軒ぐらいのホテルや民宿に聞いてあるいたがみんな即座に首を横に振られてしまった。そのうちの一軒のおばちゃんが「何故炊事場必要？」などというようなことを紙に書いてきた。

竹田は大きな紙の裏に「我々馬鹿集団暴飲暴食中心故要炊事場大部屋下呂吐部屋尚歓喜」と返答したのだがわかったのかもう面倒くさくなったのかそのまま奥にひっこんで二度と出てこなかったという。

第一回のリサーチ失敗。もっともリゾートアイランドそのものがおれたちの求めるものとあまりに違う、という最初のでっかい齟齬があったけれど。

我々本隊の遠征出発は九月だった。

そこで九月のはじめに再び新宿にある太田トクヤの居酒屋に竹田、小迫（料理長＝愛称ザコ）、今回のこの旅話を本にまとめる際の担当編集者、ＫＡＤＯＫＡＷＡの似田貝の三人が集まった。その前に竹田から「小琉球」の話を聞いていたものだからおれは次のように連絡しておいた。

「残った候補のあとのふたつの島の宿もどっちみち同じようなものだろう。だからいっそ港に近い本島の町でボロくてでかい一軒家の空き家を探したらどうだろうか。多少のムカデやゴキブリ、ナンキンムシぐらいいてもいいんじゃないか」という意見を述べた。

その話をきいていろんな作家とつきあいのある編集者の似田貝は「高級ホテルや飛行機のファーストクラス、あるいはひらひらドレスのおねえちゃんのいる高級クラブを指定する作家はいてもボロ家やムカデやゴキブリを望む作家は……」などと、小さい声で感想をのべていたという。ところがほかの隊員がいろんなことを要求してきた。

「与那国島あたりが望見できる温泉および日本酒つき」西澤。

「マヌル（ニンニク）絶対反対。マヌル料理が出てきたら首しめる」海仁。

「ほろ酔い美女がしなだれかかってくるスナックが近くにあること」コン。

「歌舞伎揚を売っている店をさがしといてくれ」太田。（金持ち父さんである彼の一番の好物は歌舞伎揚。このヒトも変わっている）

かくて第二次リサーチにいく三人（竹田、似田貝、小迫）にはいろんな課題がつみかさなっていった。

・目的地の島の近くに少なくとも二十人は泊まれる自炊可能の貸家をみつけること。
・遠征島の最大目標、決定。（自炊だから島にわたってのデカ魚の釣りが可能なこと）
・その釣り船の確保。

・優秀な通訳の確保。
・安いレンタカーの確保。

いやはやそれだけの人数のオヤジたちが入れかわりたちかわりやってきて帰っていって毎日自分たちでめしを作りながら都合二週間も共同生活をする、ということになるとその準備はコマカイことまでいれるとたいへんなことになる。

普段おれたちが国内でよくやっているキャンプ旅などでは、石鹸（せっけん）やタオルなど毎日の生活に必要な最低限のものはたいてい個人で持っていくが、屋根つき布団つき、ということになると気が緩んで身ひとつでやってくるノラ犬みたいのがけっこういるのだ。

ドレイたちに「顔洗ったからいますぐタオルくれ」などと、エラソーにいう古顔がけっこういる。そのたびごとにドレイらはタオルを探しにいかねばならない。そういう手間をさけるために旅行会社などに頼んだら楽かもしれないがこまかい要求内容を聞いたらきっと辞退するだろう。

第一ヒトの出入りをコントロールするだけでもたいへんだ。隊員のなかにはサラリーマンもいるし、日本各地からバラバラに新顔が何人かやってきて、バラバラに何人かが帰国するからその人員交通整理だけでも頭がクラクラしそうだ。そこまでしてみんな行きたい、というのだから拒むわけにもいかないわけだし。

どんどん膨れ上がる参加メンバーたちの要望を竹田はこまかくノートに書き、三人の第二次偵察確保隊は再び高雄に飛んだのであった。

結果的にいうと殆ど奇跡のようにすばらしい通訳がみつかり、理想的な大型ボロ家が見つかり、三台の大中小レンタカー、いくべき釣り島「緑島」とそのマグロ釣り船の確保もできたのであった。

通訳は單汝誠さん（四一歳）。面倒なので以後、日本語読みの「タン」さんとよぶことにする。彼は台湾の人だが市谷にある日本語学校に三年ほどかよっていたからまことに言葉も流麗。日本人女性と結婚していまは台北に住んでいる。この單さんの賢い交渉力によって、そのあとの大小さまざまな決め事、それにともなう値下げ交渉などどんどん難題は解決していった。そうして我々本隊が出発する前には即効でいろんな準備ができていたのである。

なんでいつも合宿なのか

さあ、これでやっとこささ「あやしい探検隊」は第三の未知のエリアのタンケンにでかけられることになったのである。

このシリーズももう長くなったから古くからの読者も一作目の『わしらは怪しい探険隊』(角川文庫＝一九八二年発行)から数えて三十年以上になるということをご存じか。奥付(後ろページのその本の戸籍みたいなもの)を見たら一作目の文庫はなんと七十二刷になっていた。合計部数にするとどれほどになるんだろう。それだけ長いあいだ売れてきたのである。シリーズは何冊もあるから、おれもなあ、いい歳をしてよくもこんな所詮(しょせん)はアホな旅を続け、それを本に書き続けてきたものだ、とフト正気にかえったような気になるのと同時に感慨無量にもなる。このエネルギーをそっくりブンガクのほうに注いでいたらなあ、と思うこともときどきあるからだ。

「そっちへ注いでも今と何もかわらないと思うけどなあ」と言う奴もいて「そうだなあ」と頷(うなず)いてしまう自分がかなしい。

ま、しかしそれはそれでいいのである。

この乱入シリーズの三冊目であるこの最終刊(ファイナル)を書くにあたりおれはおれなりにめずらしく「どうしてなのだろう」「なぜなのだろう」と、この三十年の間にときおり考えていたことを、この本で語っておきたい。

単純なコトなのだが「どうして我々は合宿なのだろう?」という個人的疑問である。

このシリーズは最初から今回までずっと大勢の男どもと大小様々な旅に出ている。テント旅から今回のような合宿形式まで、必ず大勢だ。

これは単純にいうと、つまりおれがこういう野郎部隊で遊ぶのが、とくにみんなで野外で焚き火なんかを囲んでビールを飲んで酔うのが単純に好きだからなのだろう。

一人で都会の片隅のバーかなにかのカウンターの端のほうに座ってドライマティーニーなんか頼み、ハードボイルドみたいな顔をしてるのがいやなのだ。

浜辺で一人で背中まるめて焚き火しつつ飲むこともできるが、目をはなしていると海に飲み込まれてしまいそうで油断できない。

考えてみると「そもそも」はおれが一九歳ぐらいのときはじめて親元からはなれて都会のオンボロアパートの一室に暮らした。そのとき仲間を集めた。友人の沢野ひとし（今はイラストレーター）、木村晋介（今は弁護士）、高橋勲（会社経営者）の三人に声をかけ「おいみんなこれからは合宿の時代なのだ。セーネンはひとりで暮らしているとロクなことを考えないが四人いればなんとかなる。いやそういうのが四人も集まるとろくでもないことになるかもしれないがそんなコトをおそれず合宿しなさい。そういうふうにするように法律で決まっているんだ」と強引によびかけ、このときも四人で暮らすことにさしたる目的も目標もないまま合宿生活に入ったのである。それ以来、おれの「合宿人生」がはじまった。

だから現在、合宿の旅をする、というのはおれの身にそなわった「趣味」以外に人生でめざすところの聖なる主軸、目標そのものであること以外なにものでもないのである。

そうして今回もまた竹田ら先鋒隊が苦労するのである。ファイナルにあたってこの本の読者によく聞かれることをこの際まとめて説明した。しかしこれでおれの野外焚き火キャンプ熱は終わってしまうのではなく、もっか『週刊ポスト』で月一回連載している「怪しい雑魚釣り隊」の同じメンバーで、まっすぐ続くのである。

台風はなんでも知っている

ところが「雑魚釣り隊」になったとたん、国内でも外国でもどこか島に遠征しようとするとかならず台風に妨害される。それはこれまでの実績（？）が証明している。二勝（行けたとき）六敗（行けなかったとき）と完全に負け越しなのだ。

しかし今回はもう九月で、ここしばらく南洋海上にたとえ赤ちゃんクラスでも台風が発生している様子はない。

「ようし、今回は大丈夫」

と、みんなが確信し、ザックに荷物を詰め込みはじめたあたりでケンタロウから情けない声の電話が入った。ケンタロウというのはあたらしい「雑魚釣り隊」のヨロズ世話人で、こいつになってから台風による負け（計画頓挫）率がぐんとアップしたのである。

「あっ、あのあの……」

とケンタロウは電話のむこうでいつもの負けパターンの声を出した。

「あのあの、信じがたいことに急にフィリピン南海上でえらく成長速度の速い台風二十一号が発生しまして、この時期の台風としてはめずらしくまっすぐ日本を目指して急スピードで走っているようなんです。あのあの」

我々が安易だったのである。

その台風は嘘みたいに我々が出発するのと合わせて台湾めがけてまっすぐ進んでいた。そうしてヒコーキは出なかった。みんな自宅待機。もっともおかしら竹田ら三人は我々の受け入れ準備のために、前日のうちに成田空港に行っていたのでやむなく成田の安ホテル待機ということになったのだが。

こういうのは我々にはよくあることなので、一日あとでもちゃんと空席がとれた。

ただし大人数なので二人ほど積み残しが出た。そのうち一人は翌日の便、一人はその日のうちに席のある台北便に乗ってまず台北に行き、そこから電車で目的地まできてもらうことになった。そしてバニラエアJW121便はなんとか台風の去った直後の南シナ海をまっすぐ飛び、時間どおり高雄に着陸した。

ハアハアふうふう。大所帯の移動となると出発からすでにたいへんだ。そのドタバタぶりはおいおい我々の現地の行動に関係してくるので、あとで語っていく話も残しつつ、書いているほうもそろそろ台湾の熱風の中で合宿ビールを飲みたくてならなくなっている。

信用できない台湾うどん

熟睡も悲しみも一緒に飛んできた

台風通過が関係しているのか高雄の空港は雑踏で、イミグレーション通過に一時間ほどもかかった。おれは自宅にいるとき、台風が台湾のド真ん中を通過していくテレビの気象画像を見て、これは少なくとも二日ぐらいヒコーキは飛ばないだろうと見当をつけて旅の荷物だけは用意したけれど、自宅待機を予想して家でずっと原稿仕事をしていた。できるだけ旅先には仕事は持ち込みたくない、と思っていたからだ。

最初のフライト予定日は思ったとおり欠航。翌日もきっとダメだろうなあ。なにしろわしらのチームにはケンタロウがいるからなあ、と連続完全欠航を確信し、殆(ほとん)ど徹夜状態で仕事をしていた。

ケンタロウというのは『週刊ポスト』の編集担当者だ。三年ほど前からこの「あやしい探検隊」のメンバーとほぼ同じ顔ぶれによる「雑魚釣り隊」という海釣りキャンプ話を同誌で連載しており、そのチームの取材担当記者で、毎月一回日本のいろんなところで釣り取材するときの世話をしてくれている。そういう旅行エージェントのような仕事は不慣れの筈だったが、まかせてみると実にテキパキとそつなく業務をこなしているのでおどろいた。

　しかしすこし気張ってどこかの島に遠征する、ということになるとかならず台風がやってきてその島を直撃するのだ。台風シーズンではないときは予定の連絡船が座礁し、修理ドックに入る。なんとか直して船を出すと急にカジが折れてしまった。などなどが続き、まずまともに予定の日に目的の島にいけたことがなかったのだ。今回はその雑魚釣りの取材も含めているし、相手は「台湾」というでっかいけれどしょせんは「島」でもあるし、まずこれは絶対駄目だろうな、と思っていた。

　つい数カ月前も、伊豆七島（いずしちとう）の青ヶ島（あおがしま）取材で台風にやられ、隙間をついて島に上陸できたのはよかったけれど、次々にくる台風によって連絡船は欠航続きで我々は巨大なカルデラの中の、海のまったく見えない、風の通らない、地熱で常に熱い、フライパンの上のようなところに閉じ込められてしまった辛（つら）い記憶がある。

　そうして台風シーズンがほぼ去り、もう新たな台風が台湾を襲ってくることはないだろう、と確信していたのに、我々が予約したヒコーキが飛ぶその当日に台湾の真ん中を目指して台風二十一号がやってきたのである。

「話があまりにつながりすぎている。『台風が台湾にむかう』のだ。内通している」と叫ぶ奴が何人かいる。説得力はないが。

ここまで台風に好かれているのならやっぱりまたもや駄目だろうと誰しも考える。そこでおれはすべてあきらめ、書き下ろしの小説をほぼ二日ぶっ続けの徹夜態勢で書いていた。

ところが翌日の早朝六時にKADOKAWAの似田貝から電話があり「ヒコーキが出ることになりました。バニラエアは根性があります。いま太田さんを新宿でピックアップしたところです。太田さんは台風直撃の翌日なのだから絶対出発しないと自分で決めて店のほうに今朝四時まで行っていたそうで迎えにいったらまだ寝ていました」などという。

「えっ、ヒコーキが出るの？　本当に本当かい。ケンタロウはどうしている？」

おれも焦って聞いた。

「彼は数日あとにくる予定です」

なるほど。そういうことになっていたのか。では納得。ヒコーキは飛ぶだろう。

新宿の太田の家からおれのところまでクルマで十分もかからないからすぐに原稿の仕事道具をまとめてキャンプバッグに突っ込み、玄関を出た。太田は後部座席で、いまの移動わずか十分間のうちにもう深く寝入っていた。そこでおれもその隣の席ですぐに寝ることにした。太田は毎日朝までやっている結構有名な居酒屋を新宿で四店、小劇場をふたつ経営しているからこの二十年間ほど慢性寝不足だ。

太田にならっておれも成田空港までぐっすり眠り、飛行機の出発待ちまで空港ロビーの椅子でねむり、ヒコーキの中でもねむり、到着した高雄のイミグレーションの待ち時間もねむり、高雄空港からのレンタカーでもやっぱり眠っていたのだった。

税関を通過するようなところはところどころ歩いて移動しなければならないから、ぼんやり覚えているものの、ハッキリ気がついたときは「台東（タイトン）」という目的地に着いていた。

高雄からそこまで山道を登ったり降りたりして四時間もかかったというが、おれにその記憶はまるでない。家の玄関を出たら気を失い、気がついたら台湾のとりあえずの目的地の町に着いていたのである。これは感覚的にたいへん楽であった。

「到着です。今日はここに泊まります」

竹田が出てきてそう言った。

「あれ？　おまえどこにいたの。ここに住んでんの？」

いきなり竹田が現れたのでびっくりして太田が聞いた。

「住んでるわけないでしょう。何言ってんですか。成田から太田さんとシーナさんと一緒にきたんですよ。今朝空港でみんなにコーヒー持っていったでしょ」

竹田はややむかついている顔だ。

「そうだっけ。気がつかなかった」

「ありがとう。こういうの飲みたかったんだ、って言ってたじゃないですか」

「そうだっけ。気がつかなかった」

そばにおれと同じように玉手箱をあけたばかりのおじいさんのような太田がいるが、彼はこの五十年ぐらい昼夜逆転人生をおくっているからこういう状態に慣れているし、短時間の深い睡眠技を会得している。

そのまわりにやはり一緒にきたらしい宍戸(ししど)、海仁、似田貝、京セラ(加藤(かとう))がいてみんないきなりの夏の風や椰子(やし)の葉陰などのなかでくつろいでいる。

みんないまは一緒にいるが空港で借りたレンタカーに全員乗り切れなかったので、海仁と京セラは電車できたらしい。それにもうひとり知らない人がいる。

「あのヒト誰だっけ?」

「單さんです。通訳そのほか今回の旅で非常にお世話になった人です。高雄の空港でシーナさんに最初に紹介したら、竹田がいろいろお世話になりましたって挨拶(あいさつ)してたでしょ」

「そうだっけ。おれそんな人間らしいことしていたんだった」

「京セラ、このおじいちゃんの荷物もってってやんな。部屋は入ってすぐ左だから」

竹田はこのボケ老人（わしのコト）にいつまでもかまっていられない、という顔をしてその場から消えた。京セラというのはこの怪しい探検隊の新人最末端ドレイだ。勤め先が京セラなので、まだ名字は覚えられず面倒だから、というのでみんなから京セラと呼ばれ結局そのままになってしまっている。

海外は初めてという若い京セラを電車ルートでサポートしてきた海仁が台風の去った海が気になるのか空を見上げている。

「海仁は電車でここまできたんだって。台湾の電車ってどんな感じ？」

名前が示すとおり、この海仁という男はなによりも海が好きで釣りが好きで、好きなだけあって釣りがうまい。雑魚釣り隊は結成十年になるが彼はずっと我々の釣りのエースとして我々のゴーカだったりそうでもなかったりの食料を海からいつも確保してくれている。

「特急といいつつディーゼルカーなんですが『自強号（じきょう）』というのに乗ってきました。けっこう混んでいて指定席がとれなかったんですが『無座』というチケットがあって、それできました。この『無座』というのは日本の『自由席』とはちがって、読んで字のごとく席がない、ということなんです」

「床の上ということ?」

「まあ座れるくらいの床があいていればですね。でもみんな荷物置いたり、あいていても床が濡れていたりでどこかに寄りかかって安定できるところもなく、全体が山岳列車みたいなところもありますからよく揺れるし、まあ典型的なアジア難民状態でしたね」

日本からずっと九割がた眠ったまま来てしまった身としては頭がさがる。

「『無座』というひびきは悲しいです」

海仁は再び空を見上げてポツリと言った。

ジグザグ逃亡指南

時刻は夕方の六時五〇分。一日がかりの移動ということになったが、一日で、東京とはまるで別世界の「椰子葉ゆるがす夏の風、斜めにのびる強い夕陽」という異国の田舎町に着いてしまえる、というところをもっと感謝せねばならないようだ。しかも

狙いすましたようにやってきた台風をかわしてバニラエアが飛び立った。

富岡港近くの南国情緒漂う快適宿。だが本当の目的地はここではない。

特急「自強号」に乗った「無座」の鉄道組は、高雄駅から台東駅まで約3時間立ち続けていた。

あたりはまだまるっきり明るい。

我々がまず二泊するのは民宿で一泊一人約二五〇〇円。でも台東としてはトップランクにあるくらいのゴーカな民宿で、ちゃんと各自の寝室があり、ドアのついてる水洗トイレがある。床にはゴミなどもない。ベッドは一人ずついきわたりセミダブルだった。寝たらスキマだらけになっちまう。

「もうしわけない、もうしわけない」

と感謝しつつ、手早く荷物をほうり投げる。時間的にどこかにめしを食いにいったほうがいい、ということになったからだ。

見たかんじ、このあたりにはところどころスナック程度の食堂しかないようだ。

大気に慣れてくると夕方とはちがって外は南国特有の「じとっ」とした湿る熱風なのだった。道路わきにずっとつらなる大きな椰子の木がなかなかの風情だ。

冬じたく前の東京から比べたら「いやはや苦労したかいあっていよいよやってきましたなあ」とは言いつつおれは別に何も苦労しないで来てしまったけれど。

とくにこういうところを見つけて最初のわかりやすい拠点にしたのは旅の多いコンダクターの竹田とアドバイザーとなってくれた地元の單さんのおかげだ。

夕飯と安全到着祝いのために近所で見つけた「特選海産店」という看板の店に入っ

た。なんだか海苔(のり)とかニボシとか干物ぐらいしか売っていないような店の名だが、中はリッパな食堂なのだった。

我々の間ではこんにちはの次の挨拶コトバとなっている「まずはまあビールですなあ」という友好言語がかわされ、素早く冷たいビールが届けられた。

台湾ビールは大瓶で一五〇円くらい。安め感があるが、我々がフルメンバーで合宿体制にはいったら覚悟しておかなければならないコトがあるんだよ、と竹田が今回の前半の世話役となる似田貝をいろいろ脅かしている。

いちばん現実的で卑近な例は三年前の、今回と同じような規模の済州島合宿であった。

「ビールは缶も瓶もまずは一〇〇本は用意しておくこと。それらは常に冷たくしておかなければならない。ビールが切れると即座にヒタイの血管二～三本がブチブチ切れて暴れる奴がいる」

フムフムと似田貝がメモしている。まだその目に真剣さが足りない。似田貝には「スナックを経営するんじゃないんだからそんなには……」という甘さがあるのだろう。それを見破った竹田が怒る。

「具体的に説明しようか。前回の済州島のとき一日平均八人が宿泊したが、一日に平均二ダースの缶ビール、二ダースの瓶ビールが消えていった。しかし済州島のときは一本九〇円のマッコリ（コメ原料の炭酸白酒、ワイン程度のアルコール度）があってビールのあとはそっちへ移行していくヒトが多かったが、この台湾の田舎町はマッコリのようなものはないからそのあといきなり米酒とかウイスキーになる。いずれも現地産。サケにうるさい、いや意地汚いこの集団がそっちの方向にうまく移行していくかがモンダイだな。前回済州島合宿のときも通訳およびアテンド係にやとった学生が『これは酒飲研究会かなにかの強化合宿ですか』と聞いたくらいなんだ」

「なんとなくわかってきました。すべてはサケですね」

と似田貝。

「そういうわけではなくちゃんと昼間は島のフィールドなどでタンケンのふりをしているんだけれど、とにかく隊員が基本的にみんな呑むんだ。誰かが呑みだすと損得勘定でほかの者が負けじと呑みだす。みんなそのヘンの思考の構成が幼稚なんだ。で、呑みだすと止まらない、という法則があり、これはフレミングの左手の法則に近いほど磐石のものになっているんだぞコラ！」

そのあたりの竹田のドーカツまじりの必死の解説を似田貝が正確に理解したかどうかはわからなかったが、事実そのあと繰り広げられた連日のわしらの態度、行動が

「有無」をいわせなかったのは確かだろう。

「今回の合宿はマックス二十八人。日によって出入りの増減はあるけれどまあ一日十五人平均というところだろうか。だからこれらのバカな人々をコントロールするには、まずビール類を完備しておかないと逆上して似田貝の首をしめる奴が絶対何人かいる。右手をとことん捩じる者もいる。はっきりいうがそれはズノウハカイした隊長だ。あのヒトはこの数年でついに狂ってきた。歳のわりには自分の力が強いのを本人が理解していないからそういう状態のときは草原で出あったゴリラのようなものだ、と考えていたほうがいい」

竹田のレクチャーはどんどん具体的になっていく。

「どう対応したらいいんですか？」

「すぐにニゲル」

「すぐにニゲル、と」

似田貝はそのとおり手帳にメモする。

「ニゲル時もまっすぐニゲルとすぐ見つかるからジグザグだな」

「ジグザグにニゲル、と」

似田貝がメモ。

「できればときどき逃げる方向を惑わすためにところどころの草藪などに糞をしておくのも効果的だな」

「誰の糞ですか」と似田貝。

「おまえのに決まっているだろう。テキはお前を追いかけているんだぞ」

「ときどき糞をしてごまかす、と」

似田貝がメモに集中している。

「おまえは本当にバカだなあ。お前はいったい何から逃げているんだ？」

竹田がとつぜん真顔で聞いている。実はそういう竹田もぜんぜん基本はマトモではない。

「えと、えと、何からでしたっけ」

そういう話をしている間に注文していた招牌白斬雞（蒸し鶏）、水晶魚（白魚）、水蓮（セリのような地元野菜）、チャーハン、焼きそばなどが出てきた。これらを瓶ビール一〇本でたいらげて三一五〇元だった。邦貨にして一人一五〇〇円ぐらい。このあたりでは豪遊に近いおおばんぶるまいになっているはずだ。

なにしろ單さんに聞くと、台湾の、とくに田舎の人は日本人みたいにそうそう気軽にサケをのまない、という。たとえばビールなどは高級品に入るようだ。日本に三年間も暮らしていた人の話だけに説得力がある。そうなるとこれからの我々の合宿は相当に不道徳な日々になるようだ。いや、もうすでになっている。

宿に帰る道を少し変えたらコンビニがあった。日本と同じチェーン店でほとんど同じような内部の様子である。予想していなかっただけに驚きだった。全土にあるというからなにかこまかいものを買うのにも困らない。びっくりしつつも喜んで缶ビールを四〇本買って宿に帰った。反省のないおれたちなのだ。

このふにゃへら物体は何だ？

その日の夜中に内海（うちうみ）がやってきた。おれも太田もその時間はすでにゾンビ化していたのでくわしくは知らなかったが成田から乗ったヒコーキが台風によって一日ズレ、そのあおりをくって空席のある台北便に内海はひとり回されたらしい。台北まできてあとはまるで情報もなく電車やバスを乗り継いで一人でやってきたという。八時間ぐらいかかったらしく「無座」も体験している。

内海は通称ウッチー。一年まえにおれが仕事でアイスランドに行ったときガッツがあり、悪路のドライブテクニックもあり、不敵な面がまえの日本人の運転手がいたので注目した。そうしてビール飲みつつ「雑魚釣り隊」のことを話したら「ぜひ加わりたい」という。「ただし年齢序列の男集団なのでドレイみたいなモノからスタートだよ。現代ドレイとは完全服従の下働きと思えばいい」

ちゃんとフェアに内実を話しておいた。

北大西洋のタラじゃないけれど、そのようにしてヨーロッパの北の島からみつけてきた奴なのでさすが度胸と根性はある。本職はカメラマン。そこで今回の我々の随行写真記者になってもらうことにした。

おれたちのいる宿から少し海沿いに南下した台東の中心地のあたりで「夜市」がある、という情報を竹田が聞いてきた。日本でいう夜の縁日のようなものらしい。こちらにきてから台湾南部の人とあまり会っていないので、明日はその縁日を見物し、ついでに夕食を、ということにした。しかし、旅疲れもあって翌朝みんなバラバラに起きたので、まずは昼の繁華街を見に行くことになった。

「ひるめしはシーナさんが心から愛する台湾うどんにしましたよ」

竹田が嬉(うれ)しいことを言ってくれる。彼はザコや似田貝と二回目の先行リサーチにやってきたときにこのあたりをひととおり歩いているからかなり詳しいことを知っている。

レンタカーを台東に着いてから借り、二台になったので全体の行動も楽だ。二十分もかからない距離に町があった。繁華街なので町というよりも街というべきだろうか。千葉とか神奈川の田舎街のイメージだ。クルマはあいている道端に適当にとめておけるのが、少し前の日本みたいで気持ちいい。しかし田舎から繁華街にくると暑さがいっきに増してくる。この地方はまだ完全に夏のままだ。いまや世界中にいる中国人の観光客の姿もここにはないし、そういえばこの国にきて日本人観光客に一人も会っていない。観光は台北や高雄ぐらいまでで、こんな奥地の街まではこないのだろう。奥地といっても正確には東南のはずれになるのだけれど。

竹田たちが前回来たときに入ったうまいうどんの店がその日は休みだった。もう一軒おいしい店があります、と單さんが案内してくれたところは清潔そうで大きな店だった。

「老東台（ラオトンタイ）」という店名だった。

そこは「米苔目（ミータイムー）」という麵（めん）がメーンの店で人気があるらしく入口に客がいっぱい並んでいる。期待できそうだ。店内はかつおぶしの匂いに満ちている。完全なるかつおぶしダシということなのだろう。さらに期待がたかまる。

やがて我々の前にそれらがいっぺんに出てきた。台湾うどんに早々と出会えたのだ。

しかし、箸(はし)を入れるとなんてことだ。たしかにうどんらしき形をしているのだが、箸で挟んで持ち上げようとするとそこからあっけなくふにゃりと切れてしまうのである。何度やってもどこをやってもフニャリ切れだ。ということはつまりこのうどんは箸で空中に持ち上げることができない、ということらしいのだ。

「おまえに真剣に聞くが、おまえは本当にうどんなのか？」

おれはテーブルの上のうどんらしきものに聞いた。うどんはうつむくこともなく、とはいえ胸を張ってみせるわけでもない。かといってふてくされているわけでもないようだ。よくわからないが、これはどうもコシ、もしくはハリ、あるいはネバリなどというものを最初から放棄してただもう一日中ふにゃへらしている物体のようなのだ。

ダシはたしかにかつおぶしたっぷりで、いいかおりがするしドンブリをもちあげて箸をつかえば端からだしのきいたおつゆがこぼれてくる。しかしどうしてもうどんそのものを箸でつかみあげることができないのだ。

「竹田、これはいったいなんだ？」

「えと、まあ、うどん、です」

「箸で摑(つか)みあげられないものがうどんなのかあ！」

「えと、ここらではそれでいいと」

レンタカーにぎっしり詰め込まれて移動する。台湾では執拗なバイク攻撃に気を配らなくてはならない。

これが箸でつかむことができない謎のふにゃふにゃオオバカ麺だ。シーナ怒りまくる。

「どうしてこんなんでいいんだ！」

「えと、世の中にはレンゲというものがありまして、あたりをみまわしますと、ドンブリをかたむけてそのレンゲでもって口の中にざざざっと投入している人がいます。そういうふうにするとちゃんと口の中に入ってくるので、まあそれでいいのかと……」

おれはだいぶ歳を重ねてきて、たいていのコトは許容できるようになってきたのだが、めん類だけは安易だったり悪意があったりするものをそう簡単にめんと認めたり許したりできない。おまえは何だ？　うどんのように見えるがわしらの国ではそうは安易に呼ばない。

「めん類といったらあくまでも箸で空中にもちあげて、そのあとつづけてススリたい。そういうものがめん類であると信じてきた。おれと、うどんとの長いつきあいはそういう信頼関係でつくられてきたのである。それがハシでつかむとだらしなくたりと切れる。それでもおまえはうどんなのか。うどんとしての自覚とかプライドはないのか。国では両親が泣いているぞ！　こらあ！　台湾ふにゃまらうどんめ！」

などとなおも怒っていると太田トクヤが近くの棚からレンゲを持ってきてすばやくおれに渡した。

「まあ、長い人生、こういうコトもあるんだよマコト君」

太田は一歳下だがいわゆる学年が一緒というやつでまあ同じようなじいさんだ。しかし彼のコトバに飲食業の大店を経営している者の貫禄と落ち着きというものがある。郷にいれば郷に……、と言っているのだ。おれはやや気持ちを収め、おとなしくレンゲでずずずっとやった。なさけないが、でも喉と食道と胃がうまいといっている。しかしこのようなものを「うまいといっている」それがさらになさけない。そう思う自分がなさけない。自分の食道、イブクロがなさけない。しかし「台湾には本当のうどんはない！」と今でも力づよく言う自信がおれにはある。

ハヒハヒ辛死に体験

夜まであいた時間に竹田ら若手班は明日からの合宿所開設のためのいろんな必要品の買い出しにでかけた。彼らはその町で一番大きなよろずや「正一大売場」というまあ生活文化スーパーのようなところに行った。

トイレットペーパー、水、ビール、蚊取線香、ゴミ袋、ぞうきん、ガムテープ、ワリバシなど新婚所帯を営むような品々である。

似田貝がいうことには「漢字文化ならではの面白い商品がいろいろありましたがウッチー内海が『離婚協議書』なるものをじっと見ているのを見てしまい怖かったです」

などと報告している。

民宿に帰ってきてそれら仕入れ品を明日スバヤク運べるようにパッキングしているうちに、そろそろ夜市にでかける時間になった。

そこまではクルマで二十分ぐらい。南の国も六時をすぎるとさすがに暗くなってくる。

夜市は広い道路を二〇〇メートルほど通行止めにしてそこにいろんな店が出店するかたちになっている。当然飲食関係の店が多い。イカフライ、海老のガーリック揚げ、焼きとり、野菜串、臭豆腐、魯肉飯、鉄板麵（ヤキソバ）、生牡蠣、いろんな豆を煎ったもの、蟹フライ。さがせばもっといろいろあるようだが、そんなには食えない。それに油をつかったものはどれもベトベトだ。味はみんなおっそろしく甘い。このあたりの味の基本が概ねそういうことなのだろう。つまり、そんなに期待したほどにはうまくない。

京セラが生ビールのサーバーを置いてある店を「やりましたあ」という顔つきでみ

台湾では珍しく生ビールのカンパイ風景だが、本文に書いてあるように見ためほどには爽やかにうまいわけではない。むしろマズイ!

つけてきたが、新宿で一、二を争ううまい生ビールを出している太田は呑まなかった。生ビールは毎日サーバーを洗浄することによってすっきりしたコクやキレのある味になる。ところが田舎の店はサーバーを洗う、ということをメーカーから教育されていないらしいのと、そんなこと面倒くさがって殆どやらないので、錆と黴とたぶん微生物がウヨウヨいるビールになっているのがよくあるのだ。

おれはもったいないので半分ほど飲んだがたしかにモロに黴の臭いと味がした。胃袋方向に入っていったビールのあとに舌の上に何か数匹這いまわっているのはゾウリムシらしい。こういうところで飲むのは瓶ビールのほうがはるかにうまいのだ。

そんなのをテーブルの上に並べているとその日成田から飛行機でやってきたヒロシと太陽がひょっこり顔を出した。いまは携帯電話のやりとりだけで夜の異国の、住所すらもわからないようなところにピンポイントでやってくることができるのだ。かくして予定どおりどんどん仲間が集まってくる。

夜市ではあまり「夕飯」らしいものにはありつけなかったので、帰りにコンビニに寄って、この地方のカップ麺系をいろいろ買った。今の旅は、これがあるからなんとかなる。

腹をへらしていて「倒れそうだ」という太陽が自分でコンビニで選んだ「大乾麺地

獄辣椒」というすんごい名称と絵が書いてあるカップ麺をつくり、全部食ってから「あー、ヒー、あー辛いよお。アーヒー、ウーヒーすごいよおー」と腹を抱えてのたうちまわっていた。典型的な「辛死に」というやつだ。これから日を追うごとにこういう濃厚バカがさらにいろいろ増えてくる筈だ。

竹田聡一郎の「おかしら」
人生に悔いはない。
少年の頃から
賢い子だった。
2+4!!
ニイニイ
ロクロク
6
日々
サッカーの青春
ここで
一発芸だ
つまり旅は
段取りです。
あと四本ね
またか
おたく
4×8でしょう。
ハイ
32才です
それが
なにか?
竹田さんは4×9ね。

おれたちを待っていたような合宿所

万能饅頭屋にむははは化する

台東の民宿（仮の宿）に二日いるうちに十人揃ったので、いよいよ合宿所に引っ越すことになった。目的地は海岸線を北に三〇キロほど走った「成功の都歴（ツェンコントウリー）」という名の土地だ。なんだかわからないけれどずいぶん立派で偉そうな地名ではないか。

合宿所が建っているところから海まで三〜四分だという。そのあたりの沖は黒潮と親潮がぶつかりまじわる海域らしく「海の獲物」がたくさんとれるらしい。なんだかいい胸騒ぎがするではないか。

おれたちが借りることになっている家は二階だて。大きなテラスがあって一階と二階にかなり広いフリースペースがあり、四寝室。バストイレは四箇所にある。全体で一〇〇平米はあるらしい。まるでおれたちが合宿にくるのを待っていたような家ではないか。ただしそんなに新しくはないという。でもそれは望むところだ。新築で間違って傷などつけないよう気をつかって丁寧にひっそり暮らす、なんていうよりはるかにいい。

竹田が單さんを交えてオーナーと交渉したところ、二ヵ月間の契約が原則という。二ヵ月分の家賃は二万五〇〇〇元にクリーニング代。おれたちは半月足らずの使用だがそれでも二ヵ月分払わねばならないらしい。計算すると十日間でだいたい一〇万円となる。でも考えようで、三十人近い男たちが延べで計算すると百三十泊するわけだから、一人一泊七七〇円になる。まあそれで文句ないです、ということになった。

引っ越しルートの途中に「東河包子（ドンホーパオズ）」というこのあたりでは有名な饅頭（まんとう）の店があり、早朝からやっていて、いろんな利用ができるので人気がある。

店は田舎の一軒家ふうだが疎林を背後にしたしゃれた作りで、機能的なカウンターがあり、注文するとすぐに蒸してくれる。そのまま持ち帰ってもいいし、すぐ隣にある野外のテーブルと椅子をつかって食べていってもいい。

農民などは野良仕事を終えて帰りにここに寄っていったり、勤め人は職場にいく前に食べていったりお弁当にもっていったりするという。

饅頭も中国のレギュラーサイズである赤ちゃんの頭ほどの巨大なものではなくゲンコぐらいの小ぶりサイズだからいろんな具のものを楽しめる。肉マンがひとつ一八元（約六四円）で、ザーサイを包んだものや小さく切った野菜をロール状にまいたものなどがある。おれは「竹筍包」というのが気にいった。タケノコの漬物が饅頭の中に入っているようだ。二〜三個食うともう十分。温かいからどれもうまい。みんなの顔がヨロコビにむはははは化している。

「これは台湾のファストフードだな」と思わず呟いたらまわりにいる者がみんな頷いていた。

こういうものを楽しみながら、さらにときおり見えてくる海に喜びつつ、やがて合宿地に到着した。

思ったよりも大きい。

料理に興味がある者はすぐに台所を見にいく。あらかじめリサーチにきたときザコが「ここのはガスコンロの火が強いから大丈夫」という専門家的なお墨付きをあたえたらしい。しかも厨房全体が広く、食器も基本的なものは全部そろっている。一階は三〇畳ぐらいのなんでも対応できそうなフロアだ。人数から考えてここが食堂、各種宴会場となるだろうと見当をつける。トイレ・シャワー付き。

二階は二〇畳ぐらいのやはりフリースペース。そのフロアと直結して四ベッドルームが並んでいる。竹田がおれの仕事場になるように大きな机のある個室を用意してくれた。贅沢にシャワーにトイレ付きだ。ありがたい。二階にはそのほかにシャワート

合宿所に移動する途中の田舎道で單さんオススメの饅頭屋に立ち寄る。

絶品饅頭をいたく気にいった我々一同は今後もひまさえあればここに通うことになる。

イレが二箇所にある。

どうみても我々のような大人数が合宿するのに最適なつくりである。しかし我々のようなのがそんなにいろんなところからやってきてしょっちゅう宿泊していくとは予想もしてないだろうから、謎の用途の館ではある。

テラスにでるとかなり広い林がひろがっており、そこにはニワトリがいっぱいいた。我々がやってきた当初は「なんだ何だ?」と一応警戒していたのか鳴き声はあまりしなかったが、慣れてきたらいきなり鳴くこと鳴くこと。それもヤケクソのように大きな声があっちこっちからだ。

單さんに聞くと、

「壊れてますがあそこに一応鳥小屋のようなものが見えますからむかしは何羽かの雄、雌が飼われていたようですね。このあたりの村では役にたたなくなったオンドリがよく捨てられますから、それらが次第に集まってきてここにすむようになったんだと思います。メンドリはやがてタマゴを産まなくなると若いうちに人間に食べられます。オンドリも食べられますがまあ好みによりますね。結局雄のニワトリはある程度トシをとるとどうしようもない存在になります。こうして仲間と集まって毎日大きな声で鳴いているしかない、ということになるのでしょうね」

かなり明確に説明してくれた。

じっくり聞いているとなんだか切なくなってくる。期せずしてほぼ同じ状況にいるおれたちとニワトリなのだ。

マヌル問題をどうするか

実質的な合宿隊長である竹田は瞬時も休む暇がない。昨日、合宿生活に必要なものをある程度買ってきていたが、実際に住むところを見て、そこでの住み方をどうするか、という課題を前にすると、いろんな方面で必要なものが出てくる。

そこで若手ドレイを数人連れてまた買い物にでかけた。八キロほど北上したところの成功というエリアにある「成功鎮農會超市」という、文字はひとつずつは読めるもののつなげて読むと何を意味しているかわからない店にむかった。「超市」とはたぶんスーパーのことだろう。

「そこにいけばなんでもある」と單さんが教えてくれたのだ。おそらく店の名はそういう意味のコトを言っているのだろう。

包丁とまな板、石鹸（せっけん）、ゴミ袋、雑巾（ぞうきん）、タワシ、洗剤、水、コメ、氷、キッチンペーパー、皿、コップ、中華大鍋、掃除洗剤、洗濯洗剤、アルコールスプレー、調味料、さらにアレコレ。おれが頼んだ電気スタンド六〇〇元（約二一二〇円）も買ってくれた。原稿書きや校正の仕事にはあまりにも部屋の電灯が暗いのだ。

その日の夜はまだ料理長のザコがいないから竹田が手のこんだ「おかしらカレー」を作ることになっていたので肉や鮮魚を扱っている市場にいくと驚くべき廉価で新鮮なものがいろいろ手に入ることがわかったのだった。未来は明るい。

ただし、これから自炊で色んな料理を作る際に大きな問題がずっと続くことになる。

「マヌル問題」である。

これは少し説明する必要がある。このシリーズの第二巻「済州島乱入」を読んでいるかたはすぐわかると思うが、釣りエースの齋藤海仁の弱みはサケとニンニクである。サケが飲めないのは、大勢でどこかへ行ったとき磐石の運転手確保が最初から決まっているから大歓迎なのだが、マヌルはちょっとまわりも注意する必要がある。

韓国料理などは殆どにニンニクが入っていると思って間違いない。韓国語でニンニクはマヌルである。海仁はたったのヒトカケラのニンニクでもうっかり食べてしまうとしばらくして冷や汗と脂汗をダラダラ。しまいに七転八倒。間違いが重なってもしかしてニンニクをまるまるひと玉食ってしまったらもうどう対処していいか本人にもわからない。たぶん気を失って手足をダラダラ震わせヨダレもダラダラ流し続けているだけだろう。ニンニク系専門医というヒトでないと救えない筈だ。どこにいるのか知らないが。

店が出してくる料理に鼻を近づけていちいちクンクンやっていたら韓国の店のヒトなどは何事かとイカルかもしれないが、彼にとっては命がけである。とにかく異国に行ったら出てくる料理の一品ずつ、皿に鼻をよせてくんくんやる。そうして僅かなニンニクの混在も発見してしまうのだ。

もしニンニクを輸入禁止にしている国などがあったとしたら麻薬嗅ぎ分け犬のごとく彼などたちまちスペシャリストになれる。

そこで我々の国内キャンプのときなどは料理長は極力ニンニクを使わない料理を選んだり、どうしてもニンニクがいる場合は「海仁スペシャル」として、使う包丁、まな板、鍋、おたま、椀や皿、フォークのたぐいまで全部彼用の「無ニンニク」スペシャルをつくることになっている。

その日も竹田はそのへんよく理解していて海仁用の小鍋や関係食器をひととおり買っていた。作るときもまったく場所を別にしてやる。隔離キッチンである。

おかしらカレーはそのニンニクを大量に使う。まず軽く炒めておいてからみじん切りにしたタマネギと挽き肉を加え、両者の味が十分出たところでトマトとナスのみじん切りを投入という「ミジンカレー」である。その日によってインスタントコーヒーや粉末トウガラシなどもいれ、さいごに日本から持ってきた四種類のカレーをミジン切り（とはいわないか）。とにかくこまかく切って混ぜ、あとはいい味になるまでじっくり煮込む。

「カレーは足し算なんだよ」

雑魚釣り隊の長老ことＰ・タカハシがむかしキャンプで誰かがカレーを作るたびに言っていたコトバだ。

「どうしてですか？」

などと誰か若いのがうっかり質問したりしたらもうタイヘンだ。Ｐ・タカハシからその訳をまず二時間ぐらいは聞かされることになる。話が少し一段落した頃にはヘトヘトになって、殆ど何も食えなくなっている、というオソロシイ存在なのだ。

カレーは制作過程でとにかくいろんなものをまぜて味を複雑にしていけばいくほど旨くなる、と言っているのだが、その一方で戦後貧しい頃にニンジンとジャガイモと安い豚バラ肉を煮込んでＳ＆Ｂカレー粉などをふりかけて作ってくれたお母さんカレーはまだジャガイモやニンジンが原形をとどめてゴロゴロしていてそれがまたうまか

台東市街から1時間ほど移動して合宿所に到着し、近所で買ってきた弁当を2階のテラスで食べた。

台所が完備された合宿所で自炊生活を開始する。
まずは竹田のおかしらカレーと太陽のワザモノ空芯菜炒めで乾杯。

ったもんだ。

「おかあさーん！」

などと夕日にむかって叫んでいる暇はなかった。我々は合宿所の各部門の整理や役割分担などやることがいっぱいあったのだ。

大家さんから注意すべきことをいくつか聞かされていた。一番大事なのはゴミ回収の時間に合わせてゴミを所定の位置に持っていくこと。汲み上げ式の水道なので水は敷地内にある給水塔のチェックが必要である。

竹田はこれらの役割を若手たちに分担させた。一番気が抜けない重要な給水塔のチェックはウッチーの係になった。

重要な肉まん問題

おかしらの本気カレーと海仁カレーができあがり、太陽がネギと厚揚げと空芯菜の炒め物、などという信じられないようなワザモノを作ったので、それらを肴にビールをグビグビやっていると、その日の朝東京を出た西澤、タカ、ザコ、ケンタロウ、天野がやってきた。タカなどはアメリカから、天野はセントレアからやってきた。これで十五人合宿になったが、まだまだ日を追うにつれて顔ぶれは増えてくる。みんなどうしてこう合宿が好きなのだろうか。

おれは前に書いたように、殆どここまで寝てきたのであまり距離は感じなかったが、考えてみるとここは実に遠いところで、やってくるのに時間がかかるのだ。

たとえば、その日の西澤たちは①成田空港に集合。②第3ターミナルの寿司屋で出発記念宴会。③JW121便に搭乗のち爆睡。④高雄に到着し、地下鉄で高雄空港から高雄駅に移動。⑤高雄発の特急「自強号」発車までの待ち時間に駅付近の店で到着祝いの乾杯および宴会。⑥特急車内での宴会（うるさい、とまわりの乗客におこられる）。⑦台東駅にむかえに行った似田貝のクルマに乗る。⑧おれたちの待つニワトリ宿に到着。⑨遠いなあ、田舎だなあ、などと騒ぎながら到着の乾杯、続いて宴会。

ドレイ頭の竹田はドレイたちに気のついたこと、アホなコトなどの手記やメモを書かせている。それをその都度引用しよう。

ケンタロウの手記

セントレアから来る天野さんと高雄駅付近で合流する予定だったけれど、連絡がうまくいかず「自強号」乗車直前にやっと会えました。天野さんは「なんでみんながいる場所を教えてくれないんだよオ」とたいへん怒っていました。それを忘れていた西澤さんが「悪かった、お詫びに駅弁買ってやるからよ」と謝りつつ売店にいきましたが、自分の弁当だけ買って天野さんのぶんを忘れてきました。酔っているからしょうがないんだけれどそうとうバカだ。それではあまりにも天野さんが可哀相なのでぼくは売店で肉まんを買って天野さんに渡しました。「天野さんごめんね。これあげるから許してやって」そう言いました。ところが満面の笑みを浮かべて肉まんを食べはじめた天野さんが再び怒りだしました。「ケンタロウ！ これ肉まんとか言って肉が全然入っていないじゃないか。野菜しか入っていないぞ」そんなことを言われても見たかんじ肉まんだったんだからしょうがないじゃないですか。そんなに怒らなくてもいいのになあ、と思ったのですが天野さんにとって肉と野菜の違いは確かに大問題なのだろうなあ、と思ってまたぼくが謝っておきました。

読者よ。これは小学生の作文ではなくて本当に大学出（青山学院）で現在週刊誌編集者の三〇男が書いているのだ。肉まんに肉がないといって怒っているのも四〇代のコンピュータプログラマーなのである。西澤はそこそこ有名なグラフィック雑誌の副編集長である。その人々のモノガタリであり、これはケンタロウの書いた手記をそのまま載せている。

まあおれも含めてそういう連中が集まってくる合宿なのだ、ということを一応、このあたりで正直に書いておきます。

椿口太陽&椿口童夢の
輝かしい人生
太陽(兄)と
童夢(弟)は
小、中、高、大、と
同じ
だった。
いつも仲良し
さらに驚くのは
就職先まで
一緒だった。
めし
どうする
同じで
いいよ
私は太陽かな
しっかり
しているから
まあね
童夢から
メールがきたのよ
兄ちゃん
オレ怪しい
探検隊に
行くよ。

南海マグロ・カツオ作戦

なんとかなるぞ隊となって

翌十月二日は選抜釣り班が今回の台湾遠征の最初のヤマである「緑島」へのマグロ・カツオ釣りに出発する日だった。

海仁を隊長に西澤、ザコ、ウッチー内海、似田貝、ケンタロウ、通訳の單さん、それにおれの八人編成だったが、前日の夜にちょっとした作戦をたてていると、翌日帰国予定だった宍戸が「マグロかあ。おれも釣りたいなあ。よし帰国は一日延ばしておれも参加する」と言いだした。

すると平石タカが「おれもはるばるアメリカからやってきたからにはマグロ船にのりたい」と言いだし、メンバーはたちまち十人となった。

マグロ釣りは以前久米島のパヤオで挑戦したことがある。パヤオは魚を居つかせるための単純な漁礁で、海底に巨大な重しをつけた太いワイヤーを落とし、海面にやはり巨大なフロートをつける。大波や大渦に見え隠れするフロートのそばまで行って驚いた。長さ八〜一〇メートル、直径三〜四メートルはある円筒なのだ。そのくらいの浮力がないと南海の荒波に持ちこたえられないのだろう。

マグロ狙いの船はそのまわりの渦に乗るのだが、ときおり漁船が波に隠れて見えなくなる。あやや、沈没しちまったか、と心配しているといきなり波の上に現れてきたりするのだ。むこうの船もこっちをそう見ているのだろう。

そのときおれの乗った船には五人の釣り人がいたが、竿(さお)を出すのは一人だけに限定されていた。四〇キロぐらいのキハダを狙っていたからかかると激しくあっちだこっちだと動き回る。一隻に複数の釣り人が竿を出しているとマグロをかけた釣り人はあっちこっち動けなくなるから、釣り人は限定一人なのである。

三十分ぐらいで交代する。そのときおれは運よく八キロ程度のマグロをかけた。八キロでもかけひきには力と忍耐がいり、二十分ぐらい一人で闘わねばならなかった。

その記憶があるから、果たしてそんなに大勢でマグロを釣ることができるのだろうか、という疑問があった。まあしかし台湾の釣り船にはその道のやり方というのがあるのだろう。とにかく行ってみればなんとかなるだろう、といういつものおおらかな精神で連絡船の出る台東市の富岡港(フーカン)に向かったのだった。

日本国内で大きな魚を狙うときは大型のクーラーボックスを必ず数個持っていくけ

れど、今回は釣れるかどうかわからないし、かさばる荷物だ。台湾で買えばいいだろう、と考えていたが釣り具屋にいくとそれぐらいの容量のものは三〇〇〇元とやたら高い。釣れればそれでもいいが、獲物はどっちにしても日本に持って帰るつもりはなく、成果があっても合宿めしのおかずになって消えるわけだから結局は現地に残しておくことになる。それも島に行ってみればなんとかなるだろう、というおおらか精神でいくことにした。

連絡船は驚いたことに満員だった。

なんだこれは。「金星三号」というロケットの名前のようではないか。三百人ぐらい乗れそうだが乗船客を見て「あれま」となった。なんだか色とりどりだけれどどれもこれもセンスのない野暮ったい、しかもあられもないサマーファッションの、しかも殆どがカップル。それが船に乗る前からぴったりくっついてぐちゅぐちゅしながら愛を確かめあっているのだった。

聞けばこの日は中国の「国慶節」の休暇にあたり、ものすごい数の観光客が、それもぐちゃぐちゃのカップルが、中心層で、つまりはそういうのがどっと押し寄せてきていたのだった。どれもマグロ・カツオとは関係ない顔をしている。マグロ・カツオ関係の顔ってどんな顔だ。あ、おれたちみたいな顔だ。

2階建ての広々とした一軒家を借り切った。
海にも近く、まさに理想的な合宿所だ。
つねにニワトリの大軍に包囲されている。

富岡港の魚を見た皆の目の色がみるみる変わってくる。

富岡港から約50分で緑島に到着する。さあマグロが待ってるぞ。

この派手な観光客とは関係ないところに富岡漁港があり、われらが機転のきく通訳の單さんが、いまちょうど漁協でセリをやっている、という情報を得てきた。

單さんがうまく話をつないでくれて大きなカラの発泡スチロール製冷凍箱を三つと、たっぷりの氷を二〇〇元で手にいれることができた。これでもしもでかいマグロが釣れたときにも困ることはない。何も釣れないときにも捨てて惜しくはない。まったくいいタイミングと発想だった。やっぱり来てみればなんとかなるのだ。

この調子でいけばちょっと予約した人数より頭数が多いが船に乗ってしまえばそれもなんとかなるような気がした。

海仁だんだん妖しくなる

緑島は台湾の東南方沖三三キロのところにあり、日本の与那国島が見える距離である。日本統治時代緑島は「火焼島(かしようとう)」と言われていた。火山隆起でできた島なのだ。一九四九年に現在の「緑島」というヤケクソみたいに反対イメージの島の名に変えられた。そしてしばらくは政治犯などの流刑の島であったという。

おっそろしくいい天気で、海岸通りは例のぐちゃぐちゃカップルを中心にした観光客で賑わっている。道には絶えずクルマが行きかい、おれが最初に抱いていたイメージとまったく違うのでしばし呆然としていたくらいだ。地図でこの島をみつけたときはひなびた漁村島を想像した。そういうところで台湾の老人などの写真をゆっくり撮りたい、などと考えていたが「ひなびた」も「素朴な老人」もまったくのマボロシなのであった。

クルマよりもチャカチャカしてうるさいのが五〇CCクラスのバイクでこれが川の流れのように道の両端をうるさく走りまわっている。みんなレンタルのようだが、それを借りるのも殆ど免許証は提示しなくてもいいようだった。ということは無免許でもかまわず、ノーヘルで四人乗りなどあたりまえ。おばさんが背中に赤ちゃんをおぶっていたりすると六人乗りなんてことになる。酔っぱらい運転も相当いるようだった。まあそういうところなのだろう。日本がこまかくせこくきびしすぎる、ということでもあるのだろう。

釣り船を扱う釣り具屋の名前が「鳥龍院釣魚院」という。なんだか魚の病院というイメージだ。

海仁はどういうわけなのかこの島に来てからなんだかヒトが変わったみたいに貪欲な顔になって「マグロ釣る。絶対釣る。他の人じゃ駄目だ。ぼくが釣る」と呪文のように言っている。マンガでよくある「目から妖気がビカビカ出ている」ようなやつだ。こうなったら早く海に出してしまったほうがいい。海仁本人も全身そういう焦りのカタマリになっているのだが、釣り具屋に「一番釣れてる時間は？」などと聞いたら「夕方からだ」という答えで、かえってその待ち時間のストレスに身悶えている。

あてずっぽうに「竹屋」という店に入った。この島のメーンストリートの店には牢屋そのままの造りや鉄格子の入り口に従業員は全員囚人服なんて店がいろいろ目についた。むかしここが流人の島だったからだ、ということに遅ればせながら気がついた。

「腹がへってはなんとやらだから飯をいっぱい食っていこう」ということになった。おれたちが入った店は団体客でいっぱいだったので單さんになんでもいいからいろいろ注文してください、とそっくりお願いしてしまった。

出てきたのは蒸し鶏、オムレツみたいな卵焼き、キャベツの漬物、肉と野菜の炒め物、それに大チャーハンと大焼きそば。

さして期待もせずに食ったのだが、これがどれも信じがたいくらいうまいので驚いた。

台湾にきてちょこちょこいろんな店に入ったけれどいままでで一番うまい店だ、ということで全員の意見が一致した。

海仁が「マヌってない！（ニンニクが入ってない）」と叫び「最高だ！」といいながら凄いイキオイで食っていた。その店はごはんのおかわりは一〇元を電気釜のそばのビンにいれて自分でよそう、という変わったシステムだったが似田貝が何杯もおかわりしている。これは「見込みあるな」と見たのでおれは言った。

「あのマンガ盛り（マンガによく出てくるごはん茶碗にチョモランマみたいにごはんを山盛りにして食う）チャンピオンの天野の対抗馬として一度たたかってみないか。まだおかずはいっぱい残っている。練習してみよう」と言った。

「えっ？　ぼくがですか。あのレジェンド天野さんにですか」

「キミは彼に対抗しうる素質が十分ある、と見た。見ていると白米が好きみたいだね。白めしおかわり山というしこ名（？）で一度マッチメークしていいかな」

「えっ、まあ、ぼくなんかでいいんでしたら」

まんざらでもないようだった。似田貝もおれたちみたいにバカなのだということがこれでよくわかった。バカを見つけるおれの目はするどい。これは必ず対決のチャンスがくるだろう。

紺碧のなかのコーフン男たち

腹はできたがまだ釣り船の出る時間まではだいぶある。それにしても直射日光の強いこと。やることがないので陽光を避けられるところでみんなぼんやり出航時間がくるまで待った。

「マグロ釣る。他の人じゃやだめだ。ぼくが釣る。絶対釣る」

相変わらず海仁の言動と目つきがおかしい。妖気がますますあふれる。

これまで十年以上、海仁と一緒に釣り旅に出ているが、彼は時々こういう状態になる。

「魚憑き」を疑っていいかもしれない。

午後三時に船が出た。夜八時までの五時間勝負。釣り具屋の情報では前日に中国人の釣り人が三八キロと四〇キロのマグロを釣ったという。

「マグロ釣る。他の人じゃ駄目なんだ。ぼくが釣る。絶対釣る」

海仁は青すぎるような南海の波をけたてて進む沖をまっすぐ見て、誰にともなくずっとそう言っている。

てきとうに入った店が大当たり。
海仁の厳しいマヌルチェックもクリアした。
船酔いを怖れずに食べまくる。

絶好のマグロ日和だ。おれらのマグロはどこだどこだ！ とシーナは沖を見る。

ザコの手記

海仁さんが言っている。

「おい、ヤバイよ。どうすんだよ。魚いるよ。おいザコなんとかいえよ！　だからどうすんだよ！　なあ」そう言っている。

答えようがない。なにか答えてもそれを聞いてくれるとは思えない。あの海仁さんがここにきてあっけなく壊れてしまったみたいだ。海が青すぎるのだろうか。思えば三年前の済州島でも、その翌年の奄美大島（あまみおおしま）でも壊れていた。幻のカツオといっていいようなスマガツオを釣りあげたとき、興奮して船内の突起に足をぶつけて骨折していた。骨折してもコレを釣ったからいいんだ、と言っていた。我々の中では唯一理性のある――と言われているヒトだが本当はやっぱりおれらと同じバカなのかもしれない。

出港してからポイントまで十五分ほどで着いた。やはり太平洋にこれだけ張り出した島から出撃するのだからもうそのくらいでマグロの釣れる場所に到達できるのだ。このあたりにパヤオがあるという。水深七〇メートル前後。回遊してくるマグロやカツオをキャッチするわけだ。もう台風の余波の影響はなくうねりもない。風が少し強かったけれどなにしろ太陽の光が強烈なので、その強い風が気持ちいい。

まわりに漁船が集まっているのはマグロ狙いか。船長に聞くといまカジキが出ているので地元の漁師はカジキを狙っているという。カジキ漁はバケ（疑似餌）をひくのと、船首から銛をもってすぐ先を泳いでいるカジキ目掛けてジャンプして突き刺す「つきんぼう」のどちらかだという。その日のカジキの状態できめるのだろう。

我々の船の中ではみんなのコーフンが早くもバクハツしている。ケンタロウの声がひときわでかくなり三オクターブぐらい高くなっていて「さあ、マグロ一気に釣っちゃいましょう！」などと叫んでいる。

昨夜の作戦会議では四〇フィートぐらいの船なので多くても三人ぐらいずつ交代してやりましょう、と言っていたのだが、みんなコーフンしているので誰もそんなことは忘れてしまっておれと西澤以外はみんな竿を振り回している。單さんはやらないので七本の竿だ。竿と竿の間隔がせまい。これでデカマグロがかかったらどうしようもない筈だ。

船長は「ジャパニの好きなように」という顔だ。船長の息子という「なかのり」がいて、これがいろいろこまかく面倒をみてくれる係のようだ。二〇歳ぐらいで我々のよく食う肉饅頭のような顔をした中太りの青年だ。逞しく頼りになりそうに見えたが、これが大間違い。あとで実践で語っていくことにしよう。

疫病神は地元の肉饅頭あんちゃん

最初に「キタあ!」と叫んだのは目がいっちゃってる海仁だった。小型ながらしっかりマグロだった。「チェッ小さいなあ」海仁はそう言って不満顔だ。

続いての「キタあ!」は電動リールを持ち込んでウインウインやっているザコだった。

「これ重い。あっ二〇キロはありそうだぞ」

迫力のある声なのでみんな竿をいったんおいてザコのまわりに集まる。

「あれ、二〇キロはないかナ?一〇キロぐらいかな」ザコのテンションがやや下がる。

「あれ、五キロぐらいかなコレ。へたすると三キロかな?」

集まってきた者がだんだん散りはじめる。今はジアイ(釣れ頃)だからそんなの見物しているよりも自分の竿に大きなのをかけたほうが、という考えだ。

　ザコの竿に上がってきたのはカツオだったがしっかり三キロぐらいはありそうだ。嬉しい成果だ。饅頭顔の「なかのり」がザコのそばにはしる。ザコがミチイトを摑んで船端までカツオを引き寄せた。そこを饅頭顔がギャフ（魚をしっかり確保するために打ち込む鎌のような道具）を打ち込んだ。

「あっ」

　見ていた全員が信じられない、という声をあげた。この饅頭顔はカツオではなくそれをひっぱりあげていたミチイトを思いきり叩き、それを切ってしまったのだ。当然カツオ本体は海に戻っていく。みんな声もない。なんという……。

　船は魚群探知機を見ながら魚をおいかける。釣り人はポイントにくると我先にジグ（疑似餌）を棚（魚のいる深さ）まで落とす。みんな次は自分がやるぞ、という迫力熱気を発散しているのがよくわかる。ここにいるメンバーでマグロをあげた経験があるのはおれと海仁だけだ。マグロ釣りはほんとうに釣りを超えて狩猟に近い感覚になるということをおれも久米島で熱く実感しているからみんなの気持ちがよくわかる。誰かはやくでかいマグロをあげてくれ。今夜の酒宴は新鮮マグロの中トロ三昧でいこうじゃないか。

「あっ！　きたあ、おれにもきたあ」

次に叫んだのはアメリカからきたタカだった。竿は早くも満月になり、これはもしかするといよいよマグロかもしれない、とおれは瞬間的に高ぶった。みんなも期待した。こういうときよくおきるのがビギナーズラックというやつだから。

タカはおぼつかない手つきでキリキリとリールを巻いているが、そうとう重くでかそうで、なかなか巻けない。マグロだったら無理しないでいったん左右に走らせたりしてかけひきしないと。そのまま強引にやっていたらミチイトが切れてそれでおしまいだ。

しかし逆上しているタカは一五センチでも二〇センチでも巻いていこうと思っているのかキリキリをやめない。しかしそれにしてはミチイトの先がまだ遠すぎるし、一点から動かないのがおかしい。根がかりするほどの深さまではイトは延びていないからこれはヘンだ。やがてタカは他の船の釣り人が出した仕掛けをひっかけていただけだということがわかった。

逆境のなか宍戸がやった！

そんなふうにして二時間ぐらいたった頃、大きな魚群の上にきたらしくみんなにキハダマグロやカツオなどがかかりだした。誰かにかかると饅頭顔の「なかのり」がギャフを持ってかけつけるのだが、少なくとも奴はあのあと三回は失敗し、奴が出てこなければ仕留められたのをワザワザ太平洋に戻してしまっている。

饅頭顔がとんでもない疫病神だということを見抜いた海仁などは奴がくるのをよせつけず自分でイトを摑んで直接海からぶっこぬいていた。慣れている釣り人だったらそのほうが確実のようだった。誰がどれを釣ったのか、船内は竿を持って興奮している奴が右往左往しているのでよくわからなくなっていた。

そのうち誰か疲れてこちらに竿を渡してくれないかな、と思ったが釣れなくなっても興奮はいっこうにおさまらないからなかなか竿はこない。

この釣魚記はおれが書いている週刊誌の連載ものの取材でもあったが、その担当記者・ケンタロウが一番逆上しちゃっているからどうしようもない。記事を書くためにおれも実際の感触を持ちたいのだが。こういうとき「そろそろおれにも竿をかせ」などと、なかなかおれは言えない。マグロ・カツオ釣りをすると逆上するということを何度かの体験で知っていたからなおさらだった。はるばるここまで来たのだけれど今回はただの観戦記に徹すればいいか、というふうにしだいにハラを決めた。私もやっとオトナになった。もっとも竿を振っても釣れるとは限らないのだが……。とにかく今はみんな自分のことで夢中になってしまっているのはよくわかる。

そう思っていると船尾のほうで歓声があがった。誰かがかなり手応え(てごた)のあるマグロを仕留めたらしい。カメラを持って船尾に急いでいくと宍戸がなるほど大きなメバチマグロをぶらさげていた。ねじり鉢巻きに上半身ハダカは本物の漁師とみまごうばかりだ。

宍戸の嬉しそうな顔がたいへんいい。フトあの饅頭顔を探したが宍戸には近づかず、ギャフを使ったのは船長のようであった。よかったよかった。

あとでコトバのわかる單さんに聞いて知ったのだが、あの饅頭顔のあんちゃんは父親である船長にさんざん怒られていたらしい。彼が余計なことをして落とした魚は四尾だった。海仁のいうことには日本の釣り船でこのようなことがおきたら大変なことになるそうだ。

まあ宍戸の最後の一発で、マグロ・カツオ船は帰港することになった。その日の釣果はキハダマグロ六本、メバチマグロ一本、カツオ三本であった。気がつくともうまわりは真っ暗な夜になっている。我々の仲間はそれぞれに大中小の満足感を得て帰りの風に吹かれていた。

夢中になっちまって
業務を忘れたケンタロウ。

最後は完全に地元の漁師風体となった宍戸
が大物を釣り上げた。

苦戦を強いられながら
も次々にカツオとマグ
ロを釣り上げる。

タタカイスンデ

各自民宿に戻ってシャワーをあび、乾いたシャツを着て祝杯夕食にでかけた。昼間たべてなにもかもおいしかった店に行ってみると、丁度閉店であった。この国は離島にかぎらず、本島の繁華街の飲食店でも店は八時には閉まってしまう。いつまでも酒を呑んで何か食う、という習慣がないからのようだ。日本と比べるとまことに健康的である。

しかしグズグズしていると夕食はおろかビールの乾杯さえ逃してしまいそうなのでとにかく開いている店に入ってしまおう、ということにした。

やっと入った店は客が誰もいない。何屋さんか聞いたら羊鍋専門店ということであった。この島に羊がいたかなあ、と思いながらもとにかく入ってやっと乾杯。

台湾の店で共通しているのは飲み物のグラスも料理をとりわける小皿や小鉢の類もみんなペラペラのやすっぽいプラスチック製で、熱い料理なんかだと手に持てないくらいだ。使い捨てなので衛生的、ということなのだろうけれど毎日捨てるプラスチックの食器の量たるやバカにならないだろう。

大皿にいれて持ってくる料理がいかに豪華でも、取り皿がママゴトに使うようなものではどうもチグハグだ。

ちょっとここで話はヨコにそれるが、同じ中華文化圏なので触れておくと、中国にも日本のような屋台の店がいっぱいある。屋台というと水の補給がなかなか難しい。とくにいまの中国は全土的に水飢饉（ききん）が不安視されている。そこに中国的衛生観念が加わって、屋台の店の食器がむかしから問題になっていた。

簡単にいうと前の客が食べたドンブリなど残飯を捨てたあとスズキとか洗うということはせずに布巾（ふきん）（それも使いすぎてまっくろ）でかるく拭（ぬぐ）うだけで次の客に出しているのが普通だ。

最近、いろんな外国文化の衛生観念が入り込んできて、いま中国の田舎都市の屋台などにいくと四隅の細い柱にシャワーキャップそっくりのものが何枚もぶら下げてある。屋台の店主はドンブリにシャワーキャップをかけて、その上に料理をのせて客に出すのである。衛生にいいような気がするが視覚的に味覚的にどうなのか。

台湾は、そういうのとは少し違う対応になっているけれど、なんだかどちらも不思議な感覚である。普通の食器で洗って何度も使えばいいいじゃないか、と思うのだがまあいいか。

その晩のビールも俗悪なピンク色をしたへなへなの小さなコップで乾杯するしかなかった。本日の主役、宍戸マグロ王にまず乾杯。ビールがうまい。宍戸がじつに嬉しそうだ。

羊鍋は正確には「羊肉爐養生鍋」といった。テーブルに載っているガスコンロの上の鍋にあらかじめ作られている羊だしのスープに羊肉と野菜と豆腐などをいれて食べる、という平凡なものだったけれど、これがあんがいうまい。ここにめん類をいれると大変豊かになるのだけれどこの店には麵は何もないという。かわりにハルサメならあるというのでハルサメ！　それで十分ではないか、ということになった。事実ハルサメ羊鍋はたいへんうまかった。似田貝改め「白めしおかわり山」にこのハルサメスープをかけてたべるとおいしいんじゃないか、と提案した。本人もまんざらではないようだ。

さっそく白飯に羊ハルサメスープをかけて食べてもらうと「ヒジョウにうまい！」と本気で言うので我々は嬉しくなり、プラスチック椀(わん)ではものたりないからと店に頼んでドンブリくらいのボウルを持ってきてもらった。そこに白飯をたっぷり入れ、羊ハルサメスープもどどっといれると、やっぱり大きいほうがいいです、と彼はいうのだ。

濃厚羊鍋は海仁にも優しいマヌルフリー鍋であった。しかしこの国は食器がみんなフニャプラスチックとか紙製なので……。

白めしおかわり山こと似田貝がとにかく食った。推定六合。

これはいよいよホンモノの白めしおかわり山にそだてられる、と直観したおれはまだスープがだいぶ残っている鍋にごはんをいれて、つまりはおじやにしてタマゴを二つ割りいれた。蓋をして少しグズグズ煮て蓋をとったらじつにまあまた別のものに生まれ変わったようにおいしそうな羊おじやができているではないか。白めしおかわり山だけではなくほかの人々も食べはじめた。小食の海仁も「これぜんぜんマヌってない」と言ってわしわし食いだしたので、その日もめでたしめでたし、ということになっていったのだった。

だから確かに怪しい集団

いろんなことがあちこちで

緑島マグロ・カツオ団が出漁している頃、太田トクヤとヒロシは合宿所のまわりにひろがっている疎林の中を毎日鋭い声で鳴きながら餌あさりをしているニワトリたちと遊んでいた。

ニワトリは三十羽ぐらいいて、かれらも我々の存在にすっかり慣れてきたようで、一日中元気がいいんだか腹へって怒ってんだかよくわからないけれどとにかくでっかい声で鳴いている。

都会からきたおれたちは、こういう自然のニワトリの鳴き声を毎日聞いていられるのはなかなか贅沢なことなのだと感じていた。

太田はなにかとマメで、台所にいってピーナッツとか残っているコメツブなどをまぜては持ってきて「とう、ととととととと」などと言いながら餌づけしていた。

もうその頃には、これらのニワトリたちが完全に身寄りのないノラニワトリ、ということがわかっていたので、まあそんなことはないだろうけれど、もし万が一我々が食料難になったり、突然「ニワトリ鍋(なべ)」などを食いたくなったりしたときのために、比較的若くてうまそうなのをみつけて餌づけしそれなりに「ねんごろ」になっておくのも大切なことだ、と考えていたらしい。

それと太田は独身で、ネが正直なので思っていることをいつもそのまま言う。たとえば「いい女」が好きだ。いや「男」より「女」がとても好きだ。だいたい男はみんなそうだ。

このようにいまどき男だけ二十六人で合宿生活をしていると、若い奴は欲求不満になる。じいちゃんの太田トクヤだってそうなのだ。

それから通訳の單さんが教えてくれたのだが、この近所に住んでいる人々に「あの日本人たちはあそこでいったい何をしているのですか」としばしば聞かれているらしい。なるほどどこから見てもおれたちは怪しい集団と思われても仕方がないだろう。

その日は、もうひとつ我々がとらわれている釣りのほうにテーマが集中しているので、残留組はヒマであり、こうして留守番をしながらニワトリと遊んでいるのだ。

「とー、とととととと」

太田は根気よくニワトリを餌で口説いている。

「でもトクヤさん。ここにいるニワトリはみんな雄ですよ。それもみんなおじいさん」

ヒロシが言わなくてもいいことを言った。

「なんだ……。そうなのか」

太田は餌づけをあっさりやめてしまった。太田は正直だ。

ところでこれから当分我々のめしを作ってくれるプロの料理人、ザコ料理長が昨夜せっかく合宿場に到着したのに、タッチアンドゴーそのもので緑島のマグロ団のほうに行ってしまったので、めしは残ったものが作らなければならなかった。

マグロ・カツオ団を見送ったメンバーのなかに橋口太陽がいて、彼がその日の料理を作ることになっていた。そこで見送りの帰りがけに魚市場でかなり大きな太刀魚とイカを五ハイ、野菜などを買った。それからフランス資本のスーパー「カルフール」があるのをみつけ、チーズ、パスタ、炭酸水など町の市場では手に入らないものを見つけて買いこんだ。

太陽は、東京の広告代理店に勤めているが独身だからなのか四年間、広島支社に転勤させられていて、その間けっこう自炊の腕をあげていて、若手のなかでは作れる料理のレパートリーがいちばん広いようだ。

その日は、カレーひとすじのおかしら竹田をアシスタントにして「台東紅白スパゲティ」という、名前を聞いただけではうまそうなのかそうでもないのかわからないモノを作っていた。
「まず大量のタマネギとニンニクをミジン切りに、これをオリーブオイルでひたすら炒め、頃合いをみてトマトピューレと細切りにした太刀魚とアスパラを投入、コンソメも適量いれてぐつぐつ煮込む。これでソースは完成。あとはアルデンテにおまかせ、というわけです。ぜひおためしくださいませ」（太陽）
ところでこれがなぜ「紅白スパゲティ」というかというと、紅はトマト、白は太刀魚のことらしい。すべて太陽の解釈および解説である。
これらのことは留守部隊の竹田のレポートによるものだがうまかったのかどうかということは書いていない。聞いてはいけないような雰囲気があった。

関西三バカがやってきた

この日はあらたに二つのチームが合宿所にむかっていた。
関西組（ヤブ、ピスタチオ、さんぼんがわ）と岡本組（岡本、コンちゃん、ショカツ）である。仲間うちの呼び名であるし、いままでいるメンバーも限られた者の片鱗程度のプロフィールしか紹介していないが、とにかく大勢いるのでここで詳しく紹介しても読者は混乱するだけだろう。なにか事件、騒動がおきるたびにその当事者のことを書いていくことにする。

合宿であるからとにかくここにあらたに六人加わり、いよいよ我々は二十六人になっている筈である。本当のところあまりにも出入りが激しくいっぱいいるのでおれもそのあたりのコトをよく摑めていないのだ。とにかくおれが見たことはそのまま書いていくし、居ない場所の出来事は各自の手記あるいは談話で書いていくしかない。

関西組のリーダー・ヤブちゃんの手記

関西からのおれたち三人と東京からきた岡本さんら三人と、うまい具合に台東駅で合流できた。まあ高雄の空港から同じ電車できたのであたりまえやけど。岡本さんは某有名洋酒会社の部長さんで、数年前まで上海支社のほうに十年近く勤務してはったから中国語はペラペラ。おれたちもそれですっかり安心というわけですわ。タクシーを二台つかまえて、岡本さんは運転手にムズカシイ筈の行き先を中国語でペラペラ話して、おれたち三

これがウワサの関西三バカトリオ。右からヤブちゃん、ピスタチオ、さんぼんがわ。

人が乗るタクシーの運転手にも同じ場所をつたえ、自分らのあとについてきてくれ、と言ってくれたんですわ。もうこれでとにかく安心、と思ったんやけどな。

ピスタチオの手記

　暴走タクシーではないか、と思ったときはもう遅く、我々関西バカトリオはヒーヒーいいながらシートに身をあずけるしかありませんでした。わしらのその様子を面白がるように運転手は「キエーッ！」など叫びながらさらにすっとばしていきます。みっちゃん（さんぼんがわ）が「こらあ、おまえしばくぞ」などと関西弁で言いましたが通じるはずもなく、抜いてきたバイクをチェイスしてみたり、大きくふくらんで反対車線からバスを抜いたりとやりたい放題。本当に恐ろしかったです。

さんぼんがわの手記

　急に赤い点滅ランプが見えましてん。どうやら飲酒検問のようでしたから、これで助かった、と思ったら、そいつそばにあるペットボトルの水をごっついイキオイでごくごく飲んでましたわ。検問の順番がまわってくるとそいつ窓あけて警官に「ハーイ」とか言いよりましてそのまま通過ですわ。こっちのほうはタクシーは検問除外ですか。それからそいつおれらのほうふりむいて「ノープロブレム」言うて黄色い歯だして汚く笑ってました。完全に酔っているようでした。台湾、おそろしいところですわ。でもたっぷり一時間かかると言われた道のりが四十分かからんでしたけどなあ……。もちろん岡本さんチームよりずっと先に着いて、それはまあよかったんやけどな。

岡本チームのショカツの手記

タクシーに乗って座ったら後ろにいたヤブさんら関西組が乗ったタクシーがブオンきゅきゅきゅきゅきゅきゅっとタイヤとエンジンを同時にならし、凄（すご）い速さで走り去っていきました。その後そのタクシーを二度と見ることはありませんでした。ああヤブさんらは星になったんだな、と思いました。

空飛ぶカエル

翌朝早く、太陽が一人で帰国。広告代理店の若手社員というのはいろんな仕事にほりこまれるらしい。ここに来ているメンバーの大半は勤め人だからみんな週末休日や年休、さらに親戚の何人かをコロして短くても五〜七日の余暇時間をつくって集まってきているのだ。

今回、最初から最後までいるのは、さっき書いたように太田トクヤ。彼は居酒屋経営者だから時間は自分の自由になる。そして彼は北海道で一人暮らしをしていた九〇歳になる母親を半年前に東京の自分のマンションに呼んだ。でも次第に介護状態になってきており、母親のために朝食をつくり、昼は一緒に散歩し、夜もまた一緒にごはんを食べるという「感心な息子」に変身している。今回はその介護疲れもあって、母親の面倒は弟夫婦に頼んでおれたちの合宿所で好きなコトに身を投じられる、という背景がある。

続いて斎藤ヒロシは大手出版社の写真部副部長をしているのだが、これもさきほど書いた理由もあってこういうときたっぷりキチンと最初から最後まで参加していることが多い。

竹田はけっこう世界をマタにかけて動きまわっているスポーツ系フリーライター。だからスケジュールさえちゃんとすれば自由に時間はとれる。

それに「おれ」だ。安易なライフワークのひとつみたいになっちゃったこの「あやしい探検隊」シリーズカキオロシ三部作をこなさなければならないから当然最初から最後までいる。それになにより「合宿」が趣味なんだし。

　でも週刊誌をはじめとしてサイクルの違う連載をいくつも持っているので、半月もあるとここにきても原稿の締め切りがいろいろおいかけてくる。パソコンはやらないのでどうやって週刊誌の原稿を送るか研究してもらったら、むかしのように四〇〇字詰め原稿用紙にペンで書いてそれを写真にとり、誰かのパソコンで東京に送ってもらうのがいちばん簡単で確実、ということがわかった。だからチームのみんなには申し訳ないけれど大きな机のある個室を使わせてもらっている。

　実はその部屋で寝起きしているのはおれだけではない。あまりみんなには言わないでいたが、「ヒラヒラ系」をひそかに同居させているのだ。

　銀座のクラブなんかにいるヒラヒラドレスのお姉さんなんかだとなかなかのものだが、それだと仕事にならないから、ちとちがう生物だ。

　最初はカエルかな、と思っていた。洗面所にいくたびに今日はどこにいるのかなと探す。いつも居場所が違うけれどある日洗面台の端にいた。そうか水を飲みたいのかと思い、そろそろ外にだしてやろうかなと思って摑もうとしたら、そのカエルはいきなり空中を飛びまわりはじめた。

「おっ！　空飛ぶカエル」

　びっくりしたが、よくみるとコウモリの小さな奴だった。羽根をたたんでいるとカエルみたいだったのだが、羽根をひろげると二〇センチはある。そういうのが狭い洗面所をヒラヒラだ。外に逃がしてやろうと思いなんとか捕まえた。

　思ったよりもやわらかくあまりつよく握ると羽根を折ってしまいそうであんがいハカナイ感じだった。顔をよくみたがまだ小さいので輪郭と造作がよくわからない。非常に小さなブタみたいな顔でまあヒラヒラのわりには断じて美形とはいえない。摑んだときのハカナイかんじと裏腹に顔はフテブテシイのだ。爪をたてられたのでまた床においた。小窓をあけておけば勝手に出ていくかな、と思ったがなぜか洗面所が気にいってしまったらしく出ていかないのだ。以来、密かに同棲関係になった。

　まあこういう南の島ではいろいろなことがおきる。この宿でいいのは、ぜったいいるだろうと思ったムカデ、ヤスデ系を見ないことだった。ああいう細長くて足がいっぱいあるやつにおれは弱い。嚙まれるとひどい目にあうし。こういうかにもいっぱい潜んでいそうなところにいないのはもしかするとニワトリがみんな食ってしまっているからかもしれない。

　知らない南の島でとくに空き家になっていた家では何がいるかわからない、というのをこれまで体験的にいろいろ知ってきた。

一番いやだったのはアマゾンの筏家屋にすんでいるときよく見かけた水ヘビと、ラオスの川の中の島の宿で毎日見た「トッケイ」というカメレオンとコモドドラゴンをあわせて二で割ったようなやつだった。三〇センチぐらいあった。これが寝起きしている小屋の壁だの天井などを這ってくるのだ。毒はないが噛まれるとなかなかはなさないらしい。本当にトッケイトッケイと鳴く。

あ、はなしがソレてしまった。

さて最初に帰っていく太陽君の話だった。このあとまだまだ新規のメンバーがやってくるし、その夜は、緑島マグロ・カツオ団が戻ってきて新鮮刺し身大宴会になるのを知っての帰国だからココロはフクザツだったろう。そして太陽はあんがい純情で、駅まで見送りに行った竹田らの話ではいつものように悲しげかつ寂しげな顔をしていたらしい。名残りおしそうにいつまでも手をふる太陽を竹田らは、あえて冷たく無視してとっとと緑島釣りチームの迎えにいったようだ。留守部隊もあんがいいそがしい。迎えチームには太田もヒロシも加わった。

ぶちきれうどんにぶちぎれる

さて話は緑島からかえってくるおれたちだ。トロ箱にかなりぎっしり感をもって入っている獲物を早く留守部隊に見せたい。

しかし富岡の港に着くとまたもやものすごい人々で、それも行きよりひどいぐちゃぐちゃ系の男女のでっかいかたまり。

聞けば今日、緑島でトライアスロンがあるというのでこの騒ぎらしい。日が微妙にズレていてよかった。

ちょうどひるどきだったので出迎えチームと緑島帰りのチームとで昼飯を食うことにした。合宿に加わったばかりの顔ぶれも多いので簡単に協議して街に出、このあいだ店が閉まっていた「台湾うどん」の一番人気の店という「溶樹下米苔目」にいくことにした。

しかし休日の昼であるからこの店も沢山の人だ。入り口に十人ぐらい地元客らしき人々がいて、中を見るとざっと五、六十人がテーブルにいる。おれたちはすでに二十人もいる。こうなると日本の人気ラーメン店みたいに行列になるのだろうか、外はモーレツに暑いのにいやだなあ、などと思っていると、なんと店はどんどん客を入れてしまうのだ。我々もどんどん入っていくとたいへんフトコロの深い店でスライド式のしきりをあけると五十人は入れる部屋がどんどん続いているのだ。全部で二百人ぐらい入れるのではないだろうか。

これだけの人気店なら、このあいだのように箸（はし）で摑めずぶつぶつ切れてしまうようなインチキうどんではないだろう、という期待感がずんずん高まっていく。

クーラーのきいている奥のスペースの巨大なテーブルにみんな座れた。当然ながらまずはビールだが、店にはビールを置いてなくて飲みたい客はコンビニへ行って買ってきなさい、と店の人が言う。本当にこの国のレストランは「酒なし」が多く、外からの持ち込み式になっているから店に欲がないといったらそういうコトになる。客があまり飲まないのに加えて、きっと店側が面倒くさいのだろう。

それとうどんを食うのにビールはないだろう、ということなのかもしれない。まあどっちでもいい。おれたちは使命のようにして飲むのだ。若い奴がコンビニに走り、すぐに沢山の缶ビールを買ってきた。

この店のうどんは汁に入ったのと汁なしのとふたとおりあるとわかった。せんだってのは汁の中のうどんだったから、こんどは汁なしを頼んだ。

おれの隣に太田トクヤが座って店の中を見回している。彼は仕事がら繁盛店などにいくと必ずそういうプロの目で店の中のアレコレを見回す。ついでに若い女性従業員もアレコレ見ているようだが。

それにしても「溶樹下米苔目」というこの店の名がなんだかすごい。

「これ、どういう意味なんだろうなあ」

太田が言う。

「米苔目はうどんのことらしいからまあこのとおり解釈すると、溶ける木の下にうどんがある、というコトじゃないのかな」

いちおう作家としておれはそう言った。もちろんでまかせだ。

「なんで木が溶けるのよ」

太田はしつこい。

「暑いからだろうな」

「暑いっていったって赤道の下の熱帯の国じゃないんだから三八度とかせいぜいそのへんの温度でしょう。四〇度になったとしてもそれで木が溶けますか？」

今はうどん待ちでヒマだから太田はしつこい。

「きっとむかしものすごく熱に弱い木があったんだろうな」

おれも実にいいかげんだ。

「あの、ヨコからなんですが」

そのときピスタチオがおずおずと言った。彼がピスタチオと呼ばれているのは顔をみるとすぐわかるがピスタチオにそっくりなのだ。読者はそう言われてもピスタチオにそっくりの顔ってどんな顔なんだと思うだろうが説明が難しい。どうしても知りたければ数ページ前の写真が少し参考になる。職業はデザイナー。なかなか博識で関西チームのなかではいちばんインテリに思える。そのピスタチオが言うのだ。

「あの、よく見るとこれ、溶ける、の『溶』じゃなくて『榕』と書いてあるんですが……」

「ん？　榕？　ほんとだ」

太田が首をのばしてメニューにある文字をよく見ている。

「なるほど。これは棺桶の棺の家族、いや親戚の文字だな」

おれもよく見て、作家として苦しまぎれに言った。

「文字に親戚とか家族とかあるの？」

太田が小学生化している。

「何を言ってる。家族や親戚だらけでしょ。文字というモノは。たとえばトクさんの好きな文字でいうとまあ圧倒的に『女』だな。そうして『女』が好きの『好』だよな。それから婦人の『婦』だ。どんどんあるぞ。娘、妻、姫、媚、なんて好きでしょ。みんな文字のなかのどこかに『女』がいる。女一族の文字なんだ。だからキミなど文字を見るだけでもコーフンするでしょう」

「そうだなあ。いいなあ」

太田は正直だ。

「それから『妖』なんてさらにいいんじゃないかね。奸、妃、妁、如、汝、妓、妊娠の『妊』なんてやばいのがあるしキミがよくいだく妄想の『妄』なんかものすごい親戚だろ。もっともっとあるぞ」

「わかったわかった。もういいよ。じゃあさっきの棺桶の下というのを説明してくれよ」

太田はやっぱりしつこい。

「それはね。つまり棺桶によく使う木があるんだよ。その木の下にうどんがあるんだな」

「なんでいきなりそんなところにうどんがあるんだよ」

太田はしつこい。

「だからそれはな……」

　そういうところに二十人分の「うどん」がキャスター付きの運び台にのせられてどっとやってきた。よかったよかった。棺桶問題はうどんを前にしてどこかへすっとんでいった。この問題、どうやってデマカセでやりすごそうか少し困っていたのだ。でもこの店ではこんどこそちゃんとしたうどんが食えるだろう。おれはよろこびに満ちてドンブリの中のうどんを箸で持ち上げようとした。しかし、なんてことだ。ここのも箸でつかみあげることができないフニャバカうどんなのだ。

「なんだこれは！」

　うどんとなるとおれもしつこい。

「こりゃだめだ。台湾にはやっぱり正しいうどんはない。こうなったら台湾の人々を全員四国の香川に連れていくしかない。丸亀（まるがめ）のうどん屋をぐるっと回るツアーを組んで全部の店のうどんを食わせたい」

　でも仲間の他の連中は日本人のくせに全員うれしそうにこの大バカぶち切れうどんを食っているのだ。どっちもバカめ。全員死ねッ！

　と、叫びつつも、汁なしなのでぶち切れうどんの入ったどんぶりをナナメにして口にあて箸でざかざか流し込んでいる自分が悲しい。

ワシントン岐阜疑惑

午後からは全員自由時間になった。太田トクヤとヒロシはもちろんニワトリ宿（その頃から誰からともなくそう呼ぶようになっていた）の二階フロアで麻雀の卓を囲む。相手は関西勢のヤブちゃんとさんぼんがわ。関西チームのリーダーヤブちゃんは藪内辰哉。まだ四五歳と若いのだが「藪内刷毛工場」を経営している社長である。ここではハブラシを作っているのでヤブちゃんはどこへいくのでもハブラシを二〇〇本ぐらい持っていて、出会うヒトにあげているので「ヤブラシ君」とも言われている。この合宿にも五〇本ほど持ってきたらしい。我々は今日までヤブちゃんのところのハブラシを一人一〇本ぐらいは貰っているのでもういらない。第一ハブラシを一〇本もらっても歯が足りない。

ついでに同じ関西勢のさんぼんがわについて少し説明しておきたい。彼は本当は川野充信。でも初対面のヒトに彼はかならず「さんぼんがわの川に野原の野と書いて川野といいますのんや」と自己紹介するので、本名の川野よりは独特のナニワのイントネーションのついた「さんぼんがわ」のほうの印象が強く、記憶力のないおれなどは

いつか見た
夏の町のような……。

箸にも棒にもかからない、とは
こいつのことだったのである。
写真では一見まとまってすくい
あげたように見えるが、このす
ぐあとブツギレ化する。

正式名は「榕樹下米苔目」。
地元民でごったがえす人気店だ。

常に「さんぼんがわ」と呼んでいるので彼の「川野」という本名はすっかり忘れているくらいだ。ビールがとにかく好きで好きで数年前に強烈な痛風を発症し、それでもかまわずガンガン飲み続けていたので、月に一回は足を腫(は)らしているようになった。それでも彼は勇敢にも（こういうとき勇敢というコトバが相応(ふさわ)しいのかどうかわからないが）やっぱりガンガン飲み続け、やがて膝(ひざ)関節、指のあちこち、踝(くるぶし)、腕、肩と常にほぼ全身の関節を腫らすようになり、ついには「恐怖の全身痛風男」となってどこか大柄な彼はフランケンシュタインを彷彿(ほうふつ)させるギクシャクした動きで現れるようになった。関西勢はなにかと面白い。

同じ頃、通訳の單さんの案内でおれと西澤、ウッチーで近くのゆるやかな棚田を歩いていた。單さんは二年前までこのあたりに住んでいたことがあり、自分で棚田を管理していた。日本でいうと新潟のようなところらしく、とくに單さんの管理していた「池上(チーシャン)」という田園地帯は新潟の「魚沼(うおぬま)」のようなところで、この産地のコメはブランド米らしい。そういえば各地で「池上弁当」というのをよく見かけた、とウッチーが言っていた。カメラマンはよく見ている。

夕方近くになって麻雀を一休みした太田トクヤは、さんぼんがわ、ピスタチオ、竹田、ショカツ、似田貝らと海岸を散歩していた。我々の合宿もそろそろ顔ぶれがそろって、ようやく穏やかな時間を得てきて散歩の余裕が出てきたというわけだ。

その散歩の途中で、現地在住のクリスというアメリカ人おやじの運転するクルマがスタックして困っていたのを、彼らは助けてあげたらしい。いいことをして気分よくニワトリ宿に戻る途中で太田トクヤが「昔話だったらあのおっさんがあとでブロンドの美女に変身して、おれたちの宿に訪ねてくるんだけどなあ」などとわけのわからないことを言っていたらしい。

棚田探訪から戻ったおれは自室に入って原稿仕事をしているとやはりどこからか帰ってきたタカがシャワーを借りにきた。人数がどんと増えてきたのでおれの部屋の洗面所を使いなよ、とみんなに言っていたのでけっこういろんな奴が洗面所に出入りする。

そのうちにタカが「うわーッ」という大きな声をはりあげた。たぶんどこかに潜んでいたコウモリがタカのまわりを飛びまわりはじめたのだろう。笑えるいい夕方だ。

そうだ、タカのこともまだ話していなかった。彼の名は平石貴寛（たかひろ）。ワシントンに住んでアメリカと日本で企業コンサルティングの仕事をしていてなかなかのインテリだ。ニューヨークに二〇年ほど住んでいてもうアメリカ国籍になっているおれの娘と知り合いになり、その紹介で我々の怪しい団体に加入した、という経緯がある。

彼は非常にフットワークがよく、我々が月に一回必ずいく全国各地の釣行旅にかなり頻繁に参加している。我々の仲間にはもうひとりアラスカに住んでいるマキエイという力メラマンがいて彼も年に最低二回は参加してくるのだがタカの比ではない。タカは日本に住んでいる奴よりも参加率が高いので、ワシントンに住んでいる、というのは嘘で本当は岐阜あたりに住んでいるのに違いない、と西澤がよく言うので、最近は岐阜潜伏説をけっこう信じている若い奴がいる。

なんで岐阜なのか西澤に聞いたが「なんとなく岐阜の気配がするんだよ、な、そうだろ」などとそばにいた竹田の肩をぶったたいて同意を求め、竹田があいまいに頷い(うなず)ていた。そう言われたほうが困るのはよくわかる。

合宿所の裏手には海岸が広がっている。
朝は浜に打ち上げられるヒスイを探す人々がいる。

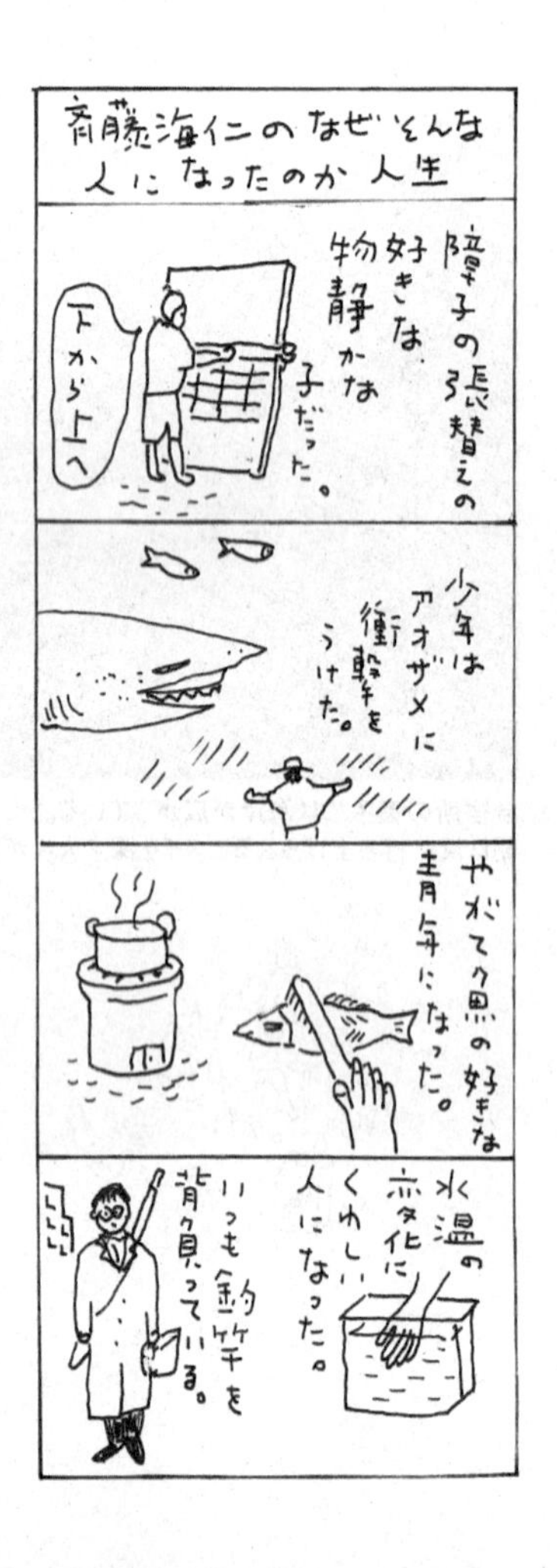
斉藤海仁のなぜそんな
人になったのか人生
障子の張替えの
好きな
物静かな
子だった。
下から上へ
少年は
アオザメに
衝撃を
うけた。
やがて魚の好きな
青年になった。
水温の
変化に
くわしい
人になった。
いつも釣竿を
背負っている。

目的のわからない大宴会

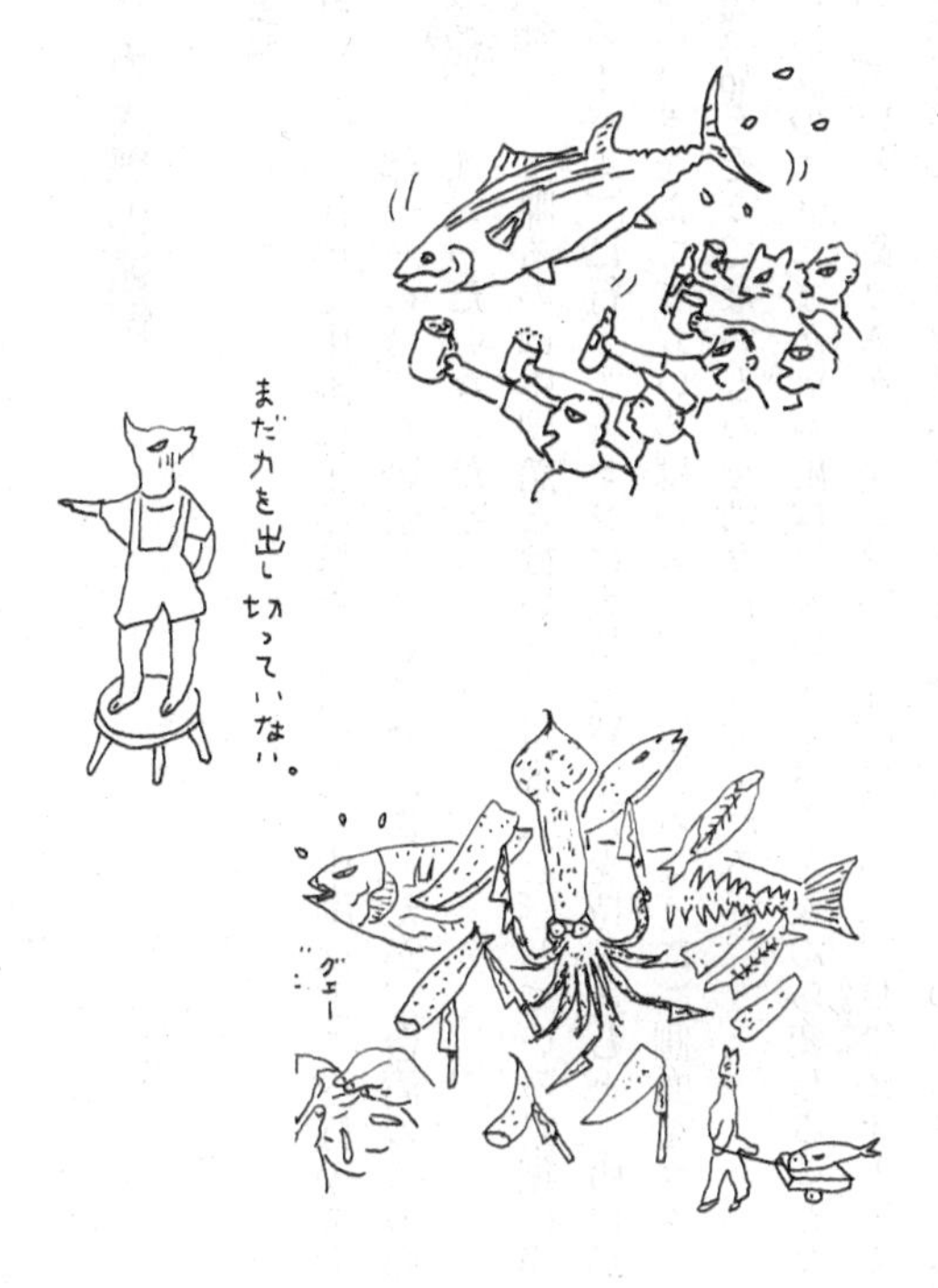

近藤イカ太郎の述懐

岡本の手記

仕事で中国に十年暮らしていた。中国はどこへ行っても、どこか体の芯のほうが緊張している感があったが、台湾のこの心地のよさはいったいなんだろう。

喋るのは中国語とはいえ、日本人と話している錯覚に陥りそうだ。

超市（スーパー）に行ってもレジに大量の買い物を持ち込むと、店員がダンボールの四方のフタをたてて（いっぱい入って安定するように）側面をガムテープで固定し、冷蔵品とそうでないものを別々に入れてくれる。

このあたりのキメこまかい対応は日本のスーパーとなんら変わることなく民度として成熟している。釣り人がチラホラいる堤防に行った。長竿にオキアミの餌をつけているおじさんのクーラーボックスを見せてもらうと手のひらサイズのベラやテングハギとおぼしき南方系の魚が数匹入っていた。市場でタチウオを売っていたので陸っぱりで釣れるかどうか聞いてみると、自分は釣ったことはないけれど、夜、しかも風の強い日じゃないと漁港のなかに入ってこないよ、と親切に教えてくれた。どこから来たんだいと聞くので、東京からと言うと、いいねえ、都会でヒトがいっぱいだろうねえ。でも冬は寒いだろうねえ、と少し遠くを見ながら言った。

岡本宏之はルアー専門である。どこへ行ってもそれで大物を釣りあげてくる。おれたちのなかでは海仁とならぶ二枚看板のエース。寡黙な男でいつも静かに笑みをうかべている印象がある。その岡本が仕事の関係で、今回のマグロ・カツオ漁に参加できなかった。残念そうな顔をしていたがとにかくマグロ・カツオ大宴会には間に合ったのだから安心した。

その日の三時ごろ、ザコ料理長のもと、コンちゃん、ケンタロウ、ショカツの炊飯部が厨房に集合した。沢山の獲物の魚をさばくのは慣れているコンちゃんだ。コンちゃんの名は近藤加津哉。通称ワルコン。悪ではなくあくまでもワルだ。どう違うかというと「いたずら」に近いことをよくやる。まず標的は、いつもコンビを組んでいる大学時代の同級生の天野だ。今回もこの二人は仲がいいんだかそうでないのかわからないケンカや言い合いをよくしている。たとえばスルメを切り裂いたのを「これ食いなよ」「今はいらないよ」「いいから食いなよ」などと互いに言いあい、スルメをお互いの口の中に無理やりおしこみ、喰わせあおうとしてケンカになる——というようなレベルだ。

コンちゃんはかつて沖釣り専門誌『つり丸』の編集記者をやっており、仕事上、いろんな魚を釣ってきた。

おれは彼に出会う前は殆ど釣りなどできなかったが、七年間『つり丸』で「わしらは怪しい雑魚釣り隊」（このチームがその後この「あやしい探検隊」とほぼ同じ陣容になっていった）の連載をやっているうちにいろんな魚の釣り方を教えてもらった。

コンちゃんが一番好きで得意なのはイカ釣りで、イカがすきですきで自分がイカになっちゃいたいくらいだ、と言っているくらいのヘンタイだ。だから別名「近藤イカ太郎」。

仕事ぬきでヒマなときにはイカを釣ってきて、おっそろしくうまい「イカユッケ」などを作ってくれる。おれは彼によって普通はやらない（やれない）いろんな種類のイカ釣りを教えてもらった。

いろんな魚のさばきかたも詳しい。そこらの魚屋のやりかたとはちがって彼の場合は漁師から直接手ほどきをうけていることが多いので、魚の本当にうまいところをよく知っており、その包丁さばきは見ていてほれぼれするくらいだ。

おれはカツオが一番好きなので、八丈島の漁師から教えてもらいカツオぐらいは一応自分でさばけるが、以前高知で四キロぐらいのカツオをさばくときはでかすぎて往生した。三枚にオロスのにだいぶ時間がかかってしまった。二匹目をコンちゃんがさばくのを見ていたらおれの十分の一ぐらいの速さで一匹まるまるタタキにしてくれた。

したがってその日の緑島の魚はコンちゃんがさばくリーダー。まずは宍戸の釣った八キロ級の見事にうまそうなメバチマグロをコンちゃんが一人でたちまちさばいた。かっこいい。

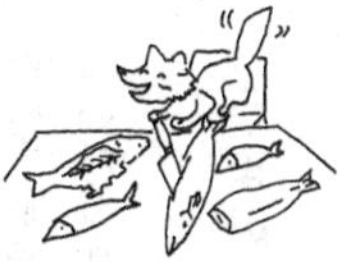

コンちゃんの手記

いいカタだった。脂ののりぐあいがこのくらいの大きさだと上品で、我々が食うにはもったいないくらい。

トロと中トロのあたりをまず切り出した。手伝いを二人使いながらワイワイやってさばいていたときが今回の合宿で一番楽しい時間だったかもしれない。だってずいぶんいろんな魚をさばいてきたけれど三十人規模の大宴会の、たぶん中心になるだろう獲物をさばくなんて人生のなかではあまりないだろうからね。

うまいマグロを独占食いする方法

「マグロのさばきが始まったら呼びにきてくれ」

おれはあらかじめ若いやつにそう言っておいたのだ。やがて、

「はじまりました。もう準備いいそうです」

京セラが走って知らせにきた。

この京セラは三年ぐらい前におれが甲府で拾った若い衆だけれど時代感覚をまちがえたのではないかと思うくらい地味でまじめでおとなしいセーネンだ。あやしい探検隊のファンであるという。いつもは横浜にある京セラに勤めているがその日甲府であった京セラ関係者を相手にしたおれの講演会に横浜からわざわざやってきた、というので見込みありとみてドレイでいいなら参加しにこい、と言った。彼はそれを意気に感じたか真面目に毎回キャンプに参加してくるのだが、どうもあちこちヤワである。それから「声が小さい」といろんな古参から怒られつつ三年でずいぶん逞しくなって

きた。とくにドレイ群団のなかではドレイ長ともいうべき「おかしら竹田」に厳しく鍛えられている。

　宍戸が若い奴を相手にしてチンチロリンという遊びをしているのをおれは横目で確かめてから厨房にいくと、おれがいく前にもう十人ぐらいマグロめあてに集まっていた。

「どいてくれ、どいてくれ。これは隊長としての大事な責務なんだ」

　若い連中をおしわけて前に出た。

　おれはムカシはともかく、中年をすぎてからはどんなヒトにもめったに乱暴な口などきかないようになった。自分で言うのもナンだがニンゲン歳をとるとむかしよりは少しはおとなしくなってきたような気がする。しかしなぜかしばしばマグロやカツオを目の前にすると人格が変わることがあるらしい。おれはあまり気がつかないが、西澤あたりがいつもそう指摘するのだ。そのコトは厨房の連中もわかっていて「うどんとカツオ、マグロについてはとりあえずあのじいちゃんのわがままにさせようか」とおれより若い奴がむしろおれよりずっとオトナの対応をしているようだ。

　初期の頃は、マグロやカツオを切りだしたときおれはあるかなきかの権力を利用して、まず最初にこの刺し身が食えるかどうか味見するぞ、と横暴に言っていた。一時代前など見ていると毒見は下級の武士の役だがここでは逆なのだ。

それでおれはいちばん旨そうなところを最初にごそっと食うのだが、初期の頃ある作戦が図星になったコトがある。

最初のひと箸をつけておれはしばらく真剣に味わうフリをする。それからさらに真剣な顔をして「あっ、これは駄目だ。あ！　ちょっと異質化しているようだぞ」などと言う。異質化ってなんなんだ。自分で言っていてわかっていない。でまかせだからしょうがない。

「これはいったいなんでだろう。残念ながら思ったほどにはうまくないぞ。むしろまずいぞ、これはドジったかもしれないぞ。ときどきあるんだよ。突然変異の『ボキマグロ』と言ってな、そういうのを食うとしばしば食中毒になったりする。惜しいな。しっかり確かめよう。もっと腹身のあたりを切ってくれないか。中トロのへんね」

包丁担当人が不審顔をしつつも新しい切り身をドサッと皿にのせる。おれはすぐにそいつに箸をだす。

「あっ、これもだめだ。一口食ってやっぱり、もっとまずい」

おれは言う。「まずいけれどもう少し確かめないと……」などと言いつつもうだいぶ食っている。

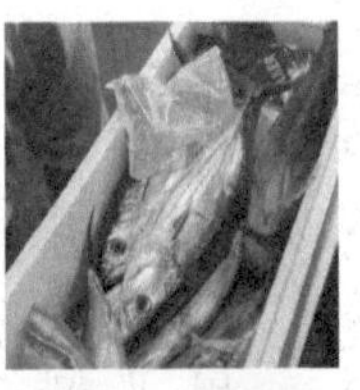

トロ箱につまった戦利品を見せびらかす。
今夜の宴会には十分な量だろう。

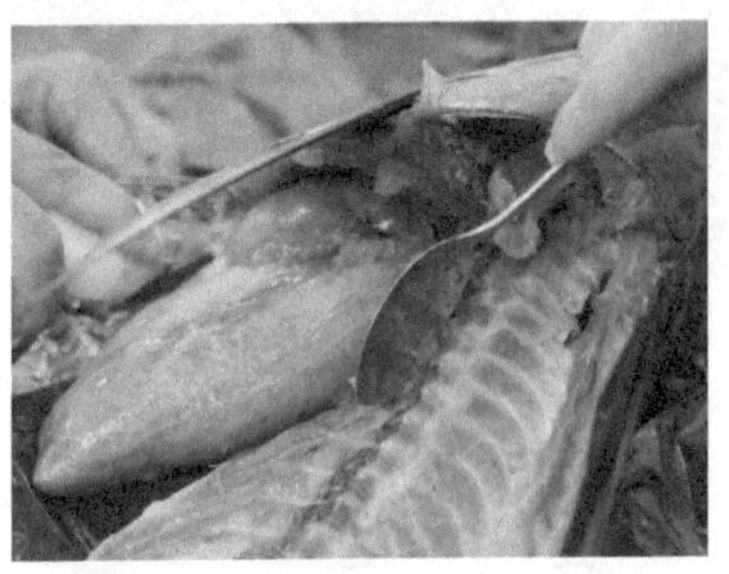

この中骨あたりについている肉をナカオチという。いちばんうまいところだ。

そうしてそのあたりで、どうもおかしいな、と思う奴が出てくる。見たかんじぜったいにそんなにまずい訳はないのだからあたりまえだ。やがてみんなこれは怪しい！と少しずつ気づいてくる。

はしっこい（カンのいい）誰かが「どのくらいまずいかオレも知りたいです。死ぬならモロトモです。お供します」などと言いながら箸をだす。まずいわけはないのだ。そいつは黙って味わい、すぐにおれのペテンに気がつく。しかしなかなかさるもので「あっ本当ですね。まずいっす。これはだめだ。山葵もっといっぱい醤油にといたシタジにして食ったらもっとまずいかもしれませんよ」などという。

「あっ、やっぱりまずい。コレ相当まずいっすね。あったかいゴハンにのせて食ったらもっとまずくなるかもしれませんよ」

もうその段階でまわりの者は一斉にペテンに気がついてくる。

でもこれは一回しか通用しなかった。

だからニワトリ宿のその日はおれが最初の切り身を箸でつかみ、シタジをつけて口にする直前に厨房をやってる連中たち「今日のはコレすっごくまずいっすよ」などと先に言うのだ。

やつらはさばいているあいだに三枚におろした骨のあたりに残っているいちばんう

まい「ナカオチ」などをたんまり食っているから先刻承知なのだ。

哀愁の西澤マヨネーズ

シェフ・ザコによるその日の大宴会の料理メニューが紙に書かれて張り出されている。

緑島近海マグロ・カツオのお造り盛り合わせ（食い放題）
台東マグロフリット
ドレイのショカツによるマグロ残虐剝き身
台東カツオのコノヤロタタキ
死に辛麻婆豆腐
癒し系湯葉のおひたし
ラム肉焼きそば
握り寿司

このメニューを見ていたケンタロウが「フリットはマヨネーズで食べたいなあ」などと呟いたらしい。それを耳にした西澤が動いた。

西澤の手記

こんどの旅は「戦力」と「戦力外」が顕著だったと思う。

全体進行は竹田。

記録はヒロシ（動画）とウッチー（スチール）。釣りはエース海仁、ホームランが宍戸。ほかの乗組員も頑張った。結局釣れなかったのは俺と、あとは忘れられた隊長だけであった。

合宿所の料理長はザコ、魚のさばきはコンちゃん。サポートにケンタロウ、ショカツでチームワーク抜群。

運転免許もない（数年前スピード違反で剥奪）手持ち無沙汰の俺が思ったのは「戦力外」という言葉であった。ちょうど秋深まる季節だし、山本昌も引退だし。そんな寂しい思いをしているときにケンタロウが厨房で「マグロのフリットはマヨネーズで食べたい」と言いだした。

單さんは「こっちのマヨネーズは日本のと違ってめちゃくちゃ甘いから買うのは

やめたほうがいい」と言う。

ここに俺は活路を見いだした。

「じゃあおれがつくってやるわ」

むかし母親がマヨネーズを手作りしていたのを思いだしつつだ。卵、サラダ油、酢、塩。材料はこれだけ。要は「乳化」させればいい訳なんだ。ザコに聞くと泡立て器がないという。しょうがないので割り箸を三本持って激しくかき混ぜることにした。

俺のみたてでは三十分のかきまぜ勝負だ。そこに「戦力外」を自覚しているほかの連中が「ここぞ」とばかりに手伝いに集まってきてたちまち「台東蛋黄醤制作班」が結成された。

メンバーはピスタチオ、ヤブちゃん、タカ、似田貝（担当編集者のくせにこいつも戦力外だった）それに京セラと俺。五分交代で必死になってかきまぜたよ。ヒヨワな京セラも顔を真っ赤にしてやってたね。けれども一時間かき回しても泡ばかりぶくぶくたっているだけでまったく凝固しない。何かがおかしい。経過を見守っていた單さんが電話で日本人の奥さんに作り方を確かめた。それでわかったのは卵は黄身だけで白身は使わない、ということだった。

「えーーー！　わーすまん。おれ卵白ごと混ぜていた」

西澤は制作班のみんなに謝った。貴重なタマゴを三つと五人のそれなりに意味のあった一時間をうしなってしまったのだ。

あらためて正しい配合にした。單さんが近所から電動泡立て器を借りてきてくれた。そしてたった十分間でちゃんとしたマヨネーズができたのだった。

しかし、これだけの大プロジェクトで作った「台湾手づくりマヨネーズ」を所望したケンタロウは「あっ、できましたか」と軽く答えただけで「じゃ明日食べますわ」と見事にスルーしやがった。コロす!!

今日も大宴会　隊長の大切なお話

その日の大宴会がはじまった。どっとむらがる難民のような人々。六〇本ぐらいの箸が卓上のいろんなゴチソーの上を交差する。人数のわりには静かなのはみんなの口のなかにいろんなものが入っているからだ。ザコメシ初体験の單さんも「これはみんなうまいですねえ」と心から喜んでいるようだった。

宴会大絶頂の頃にベンゴシ、ドウム、ダイスケ、デン、香山（かやま）が到着した。そうか、まだやってくる仲間がいたのか。これでついに今夜は総勢二十六人になるという。

全体のヒトビトの動きをちゃんと把握していないおれは驚く。これが最後の乱入チームかと思ったらまだ後日あともう二人やってくるという。わー。おれたちはいったい何人いるのだろう。などと、今回遠征タンケンのもともとの発案者のおれが言ってはいけないことを言ってしまった。それにしてもだ。何でおれたちはここまで遠く南下してきてほぼ連日このようなバカモノ大宴会をしているのだろうか。

いま世界はいろいろたいへんなコトになっているのである。何がどうたいへんなのか全員バカのおれたちにはよく考えてもヒトにちゃんと説明できるほどには何もわかっていないのだが、こんなふうに大勢集まってしまったし、マグロやカツオが釣れてしまったので大宴会をするしかほかにやることはないじゃないか、というリクツもわかってほしい。

そのような密（ひそ）かなおれの懸念を鋭く見抜いていたのは賢い單さんであった。

隣にいた竹田に言ったらしい。

「たいへんおいしいし、楽しいです。シーナさんもシアワセそうですが、しかし皆さんは我々のこの国の南のはしっこのほうに何か取材にきたのですよね。でもこんなふうな日々で作家のシーナさんはどんな本を書けるんですか。なにか考えたり、表現したりするコトが見つけられたのでしょうか。ガイドを頼まれた私はそのことがとても心配です」

うわーあ、と竹田は胸のうちで叫んだらしい。

思えば、この「あやしい探検隊乱入シリーズ」で前回行った韓国の済州島でも、通訳とガイドをしてくれた優秀な大学生のキム・ドンス君に竹田は同じようなことを質問されたのである。

世界のまともな人々にはやっぱりおれたちは相当ヘンだと、つまりは「怪しい」と思われているのである。元来そういうシリーズであるからそれならば結果的にコレでよいのかもしれないが、やはり毎日たいした取材もせず飲んで食って騒いでいるのは問題の多いコトなのだろう。そのへんはおれらのフーテン頭ではいくら考えても結局はわからないような気がする。そういう難題と酔いで頭をくるくるさせていると、

「では今夜が一番大勢の仲間が集まっているときなのでこのへんで隊長からヒトコト挨拶（あいさつ）をしてもらいます」

竹田がいきなりそのようなコトを言った。そんな段取り聞いてなかったぞ。

おそらく竹田はいましがた單さんから鋭い質問と疑問を聞いたので、なんとかカッコをつけようと考えたのだろう。でも改めて挨拶なんておれらには一番似合わないオ

コナイである。でも、こういうときに引いてしまうのはさらに一番みっともない。しょうがないのでおれは立ち上がり、年長者の挨拶の典型的な第一発声をした。

「えー」である。

なんの権威もないが、こういうのは珍しいことだったからだろう。みんないくらかざわつきながらも聞く態勢になっている。

おれは驚いた。おれたちのガラクタ集団でもみんなしてこんなに静かに集中した態度がとれるのか、という驚きである。

「みんなよく来てくれました。今から隊長としてとても大事な話をするのでよく聞いてほしい」

いよいよしんとしてみんなおれの話を聞くタイドになる。

「クソをしてケツを拭いた紙は便器に流してはならない。アジアの多くの国がそうであるように、トイレの水流は日本とくらべるとだいたい弱い。それに加えて排水管が細い。したがって紙をクソと一緒に流し込むと紙が詰まり、逆流してひどいことになる。便器のなかにはクソだけ一人旅にして流し、クソを拭いた紙は便器の隣にあるカゴの中に入れるように。つまり今度の旅のポイントはクソ紙だ」

隊長のおれの挨拶はこのようにおごそかにしめくくられた。宴会続行。

難航するマヨネーズ部隊を率いる西
澤隊長をケンタロウが急襲する。

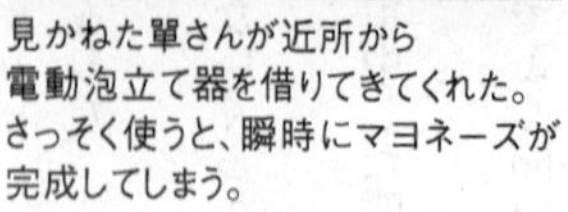

見かねた單さんが近所から
電動泡立て器を借りてきてくれた。
さっそく使うと、瞬時にマヨネーズが
完成してしまう。

うまいサカナたちはあっという間に食いつくされる運命にある。

マグロとカツオがそろった。おーし、冷えたビールでカンパイだ。
しかしおれたちはこんなアホバカカンパイ写真ばかりだ。

小迫剛のささやかな人生は正しい
イタリアンレストランで修業をした。
ブオンジョルノ
こんにちは
バンドのヴォーカルでもあった。
無国籍料理に悩んでいた。
人生を影絵にたとえてみた。
逆引き辞典があることを知った。
（つづく）

爆飲的無駄酔的下呂吐中心

哲学的コウモリ君

毎朝沢山のニワトリのけたたましい鳴き声で起こされる。彼らは競いあって鳴いているようで、数が多いからここは本当に「ニワトリの宿」と呼ぶのに相応しくなってきた。

でも考えてみると昨夜はおれたち人間も二十六人いて、真夜中までニワトリよりけたたましく騒いでいたような気がする。

翌日帰国するチームがいるのでその誰かに週刊誌の原稿を持っていってもらうためにおれはあまり深酒せずに自室に戻り、まだ残っている数枚の原稿を書いていた。

同居しているコウモリ君はめずらしく窓枠のへりのあたりにいた。もう正体は知っているからコウモリとわかってしまうが、何も知らないでみると羽根をとじたこいつは本当にナンだかわからない生物だ。

怪奇映画などだとコウモリはキューとかギャーとか鳴いたりするが、種類によるのか習性なのかこいつはいつもじっと静かに黙っている。

ニワトリは夜もけっこう鳴いているからこの家の周囲も、それからもちろんバカ者たちがぞろぞろいる家の中も夜なのにまったくけたたましい。ひとり静かにしているのはこのコウモリ君だけではないだろうか。なんとなく哲学的な沈黙にも近く、頭がさがる思いだ。そろそろ外に放してあげたいのだが、相変わらず窓をあけておいても出ていかない。夜でないと外出する気にならないのかもしれないが、夜に窓をあけたままにしておくとこのあたりはまだ夏だからいろいろ虫が入ってくるのだ。それがコウモリ君の餌になっているのかもしれないがぜんぶ食ってくれないと蚊などはこっちが困る。

コミュニケーションがうまくとれない同居人というのは何かと難しい。そうか、それは人間同士、ことに夫婦間などでもよく言えることかもしれない。ある時から妻がいきなり黙ってしまい、窓から外をいつまでも見ている、などという状態になったら相当に怖いではないか。

スタンドライトをつけて原稿仕事をしていると階下から何がおきたのかドバーンというバクハツするような大勢の声が聞こえた。なにか事件がおきたのか少し気になったがやがてみんなの笑い声がするからたいしたコトがおきたわけではないようだ。

あとで聞いたらザコが「マグロ・カツオの握り寿司」をもってきたのだという。しかし本当によく飲み、よく食う連中だ。單さんがびっくりするのも無理はない。

それにザコが作る料理は本当になんでもうまいから、みんなじゃんじゃん食ってしまうのもよくわかる。

ザコは小迫剛（つよし）。名字はコザコと読むので、「雑魚（ざこ）」＝「ザコ」と呼ばれてみんなに愛されている。実際気のいいやつで、頼めばなんでもやってくれる。東京では仲間たち四〜五人で各種小物グッズを制作販売する小さな会社を経営しており中国にその工房があるらしい。くわしいことはおれはよくわからない。おれたちは自分から何か言いださないかぎりあまり個人的なコトは聞かないことが多いのだ。

ザコはその一方でプロのミュージシャンとして人気がある。実に多才なのだ。料理がうまいのは若い頃、イタリアンレストランで修業をしたからだ。この辺でも大いなる差を感じる。おれも学生の頃イタリアンレストランで夜8時から朝4時までアルバイトをしていた。だから沢山の皿は洗えるがその上にのせるものは何もつくれない。

階下からは五分に一回ぐらいのわりあいで「どっばーん！」という小バクハツするようなみんなの叫び声がきこえてくる。いつか行われるだろうと思っていた「マンガ盛り君」と呼ばれる大食いチャンピオン天野哲也（てつや）と、緑島で開花した「白めしおかわ

夜更けに香山やドウムたちが合流し、
宴会は濃厚バカ騒ぎに変じる。

どんぶり片手に語らいあうオカワリ目シロメシ科のチョモランマ君（左）と似田貝。

あやたんスモウ部。
こいつらのこの腹は、一体なんなんだ。

満腹中枢がマヒした連中のためにザコがマグロ寿司をふるまう。

り山」似田貝大介との「大食い対決」が行われているのかもしれないが、階下にいくと單さんがいるだろうし、この一群のリーダーということになっているおれとしてはその頽廃的な享楽騒動のなかに入るのはちと恥ずかしい。

いろいろ物思いに浸っている場合でなかった。あと一時間ぐらいで原稿の残りを書いておかなければ。

だいぶ夜更けまでさわぐ声が聞こえていたけれど、午前一時頃になるとさすがに満腹と疲労で寝ていく、というか倒れていく者が出てきたらしく、あれだけの人数がどのようにおさまっていくのかみんななんとか寝場所を確保して静かになっていったらしい。

不揃いなバカたち

起床は五時、と早かった。今日帰国するチームの都合だろう。

「最大人数になったところで全員揃って記念写真を撮ることになりました」

メッセンジャーボーイのようにして京セラがやってきてそう言った。みんなで海に行くという。まあ歩いて五分もかからないところだ。

外に出てみると意外にハッラッとしている奴、ゾンビ化の進んでいる奴。歩きながら眠っている奴、海までむかう背の高い草のあいだの小道からいきなり草の中に走っていく奴（便意をもよおしたのだ）。歩きながらケンカしているやつ（天野とコンちゃん）。これだけいろんなのが集まっているとトーゼンいろんな状態になっている。まあ、小学生のちょっとした朝の遠足集会のようでもある。

海を背景におれたちは横一列に並んだ。

写真撮影はウッチーだ。彼の凄いところはたいがいの写真は一発で決める。これだけの自分勝手な、つまりは圧倒的に不揃いなバカたちが二十数人集まっているのを一回のシャッターで勝負する、というのはなかなかできないことだ。

今はデジタルが主流だから、撮れてるかどうかはすぐに確認できる。それなのに横にいったり下がったり前にきたりと何十枚も撮るカメラマンが多い。あれはカメラマンに自信がないのだ。撮られるほうはだんだんイライラしてくるものだが、ウッチーは違う。一発勝負。そこのところが素晴らしいし、気にいっている。

ただし、ウッチーは、その日、もうひとつ別バージョンの写真を撮りたいといった。

大学の卒業式なんかのときに揃いのシャツをみんな一斉に空にむかって投げている光景があるけれど「あやしい探検隊」もこれがファイナルだからその真似をしません

今回の旅で最大の人数が集まった。
一見爽やかに見えるが、
ただの寝起きのおっさん集団である。

か、というのだ。

「おーし」

ということになった。一回しかシャッターを切ってくれなかったので気分は逆にもっと撮ってほしくなっている。みんなでまた横に並び一斉にシャツを宙に放り投げる。あとで見るとなかなかいいショットだが、ハダカになってるやつらの大半は二日酔いぎみだし、まだ顔も洗ってないのとか、いましがた野グソしてたような奴らがならんでいるのだから、すがすがしくないコトはなはだしい。背後の海だけは朝の日差しのなかで美しかったけれど。

撮影がおわるとヤブ、ピスタチオ、さんぼんがわの関西三バカ。宍戸、西澤、海仁、岡本、ショカツ、ケンタロウ、京セラ、似田貝、それに單さんが帰る。

日本に帰る日本人ガラクタたちはどうでもいいが、單さんが台北に戻ってしまうのはちと心細い。

まあしかし、ありがとう、さようなら。だ。

ニワトリの宿にもどってちょっとくつろいでいるとケンタロウから電話があり、メガネを忘れた、という。それに西澤は携帯電話を忘れた、という。西澤は第一線にたつビジネスマンなのにたしか前回の済州島乱入のときも携帯電話を忘れていった。ケンタロウはメガネなしで歩いていて何かヘンだと気がつかなかったのだろうか。

さらにさんぼんがわは、似田貝が電車に乗る前に渡したばかりの切符をなくした、といって騒いでいる。ポンコツたちよ早く島から出ていきなさい。

ザコが手早く朝飯を作ってくれた。

メニューがダンボールの切れっ端に書いてある。

マグロ・カツオのヅケ丼
林(りん)さんチャーハン
地産ブロッコリーとアスパラ茹(ゆ)で　西澤マヨネーズを添えて
雑魚入り味噌汁(みそしる)

どれもうまそうだ。とりわけあつあつの炊きたてごはんのヅケ丼がうまいのなんの。

林さんチャーハンは、二十年前頃の「あやしい探検隊」の料理長、林さんがいつも作ってくれたシンプルバカうまの、隊の伝統メニューだ。ザコバージョンは干しエビを加えて、文字どおり一味ちがった新時代の林さんチャーハンにしてくれた。

食後のコーヒーを飲んでいるときに竹田が、

「今日あたりが今回の旅のちょうど折り返し地点です。我々の来ているこの島の台東あたりの印象はどうですか」

といきなり聞いてきた。

彼には今回の旅の全レポートを頼んでいる。おれはこういう旅では完全な傍観者になっているので、基本的にぼうーっとしている。つまり、ここまで書いてきた今回の旅話は竹田レポートがないととても書けなかった、のである。

「台湾には何度か来ているけれど台北が中心だった。同じ中華文化でも中国と台湾の大きな違いは、おれにとって街の風景からのメッセージだった。なんというのかな、街が喋(しゃべ)ってる、とでもいうのかな」

「なんか深そうなことを言いますね」

「いや、たいしたことじゃないんだけれど、たとえば街の商店なんかに出ている看板の文字だね。中国本土は漢字を簡略にした簡体字をつかっちゃっているから読めないしなかなか理解できないけれど、香港や台湾は繁体字だから同じ漢字国の者としてある程度は読める。でも基本的なところで大きく違うところもあるんだよね」

「どんなことですか」

おれはこれまでずいぶんいろんな国を旅してきたが、旅の面白さは異文化との出会いだと思っている。台湾にもそれがドーンとあった。初めてきたときの懐かしいその感覚について竹田に説明した。

初めてきた台北のメーンストリートなのに風景の中にある文字の多くが読めてしまう。でも読めるだけでは理解になっていないんだよ。たとえば「汽車買入」とか「中古汽車売買」などという看板がやたらにあるのでびっくりした。えー？　民間の人が汽車を買うというのか、と思ってしまったのだ。あとで汽車とは自動車のことをいうのだと知って納得した。あたり前だけどな。でも世界を旅するとき、こういうのが異文化との出会いの面白さだと思っている。

線路を走る汽車はこの国では「火車」というからちとまぎらわしい。「手机」も最初は理解に少し時間がかかったがこれは携帯電話のことだと知ってなるほどとうなずいた。

携帯電話を持って歩くとき、日本語だと携帯を携帯している、ということになり、少しヘンだ。だから台湾の手机という呼び方のほうが賢そうだ、と思った。

「安心的親切的便利中心」

なんていうのを見たとき、なんだかショックを受けた。まだ『的』が日本語の

『の』という意味で『中心』は『センター』だということを知らなかったから、感覚的にぜんぜん違うふうに受けとめてしまえる。

この漢字の連続的表現を、日本に帰ってからエッセイなどで使ったりした。モノカキになって間もない頃だった。

「絶対的本質的攻撃的壊滅的ぼったくり商法」とか、

「面白的堕落的卒倒的泥酔人生」とかね。

「薄着的情熱的蠱惑的興奮中心」

「煽情的発情的暴発的肉欲中心」

なんてのは太田が文字だけ見て卒倒しそうだ。こういうのは書いていて楽しい。そんな言い回しが当時めずらしかったようでこの時代におれが書いていた文章が『昭和軽薄体』なんていわれた。

「ああ。アレがそうだったんですね。あちこち流行りましたよね」

「そのきっかけが台湾だったんだ」

「知らなかった」

「それからは台湾にくるときは台北ばかりになっていた。で、今度はじめて南の田舎にきたんだけれど、ここまでくると観光地ではないからぜんぶ素朴でいいねえ。ヒトも風景も。なんか全体が日本の『昭和』という感じ。気持ちがやすらぐんだよなあ」

「旅とはいえ、現実的にはあまり動かない旅ですよね。一軒の家にいて、毎日同じようなことをしている。單さんなんかそれにびっくりしてました」

「旅というと結果的に忙しいわけだよね。どこへ行くのでも時間によって次々に行くところが決まってくる。ここまできたからにはあそこまで行かないと損だ、とかね。旅に損得がかかわってくるともうつまらない。そういうのに飽きてしまったんだよ」

「だから合宿、と」

「そうだね。日本ではこんなことなかなかできないでしょう。こんなふうにバカバカしくひとところにじっとしている旅というのは案外贅沢なんじゃないかと思うんだ」

　おれと竹田がこんな話をしている一日前、つまり昨夜、それまでおれたちのこの旅の出版社側のアテンダーであった似田貝と入れ替わりに榊原がやってきた。昨夜きたチームのメンバーでダイスケと書いていたのがそれ。まぎらわしいことに似田貝と榊原は二人とも「ダイスケ」と名前が一緒なのである。

　後半はダイスケ②が出版社側の立場からいろいろなアテンドをすることになる。しかし似田貝は「この団体というか組織というか集団は、何も言わないと何もしないでビールばっかり飲んでいる。これでは本にならないかもしれない。何か行動する刺激をもたらさないと……」などといっぱしのことを言っていたらしい。そうしてそのとおりのことを榊原ダイスケ②は竹田に相談したらしい。

大勢が帰ったその日、ウッチーとデン（加藤寛康。昨夜きたメンバーで入隊当時は電通にいたのでデンと呼ばれている。京セラと同じパターン）の二人がみんなの布団を干したり、部屋を隅々まで掃除したり、よく働いていた。ウッチーとデンはアイスランドで一緒に仕事をしていた仲だ。ウッチーはそれまでにも各洗面所のトイレにいたるまで丁寧によく掃除していた。誰にも、おそらくドレイ頭の竹田にもやれとは言われていない筈だ。つまり自発的にどんどん汚れ仕事をやっているのだ。ゴミを出したり、給水塔の管理をしたり、本当によくやる。人づかいの荒い竹田も感心しているほどなのだ。

ウッチー内海の手記

初めてこの集団の合宿に参加したが、みんなの予想以上のサケの飲み方にはやや引いた。椎名隊長はアイスランドで、西澤さん、竹田さんあたりの飲み方は新宿などでよく見て知っていたが、岡本さんの酔い方とか、飲

この旅も後半戦に突入した。
大量のフトンや洗濯物を干し、
昼下がりをのんびり過ごすのもいい。

んでないけれど緑島での海仁さんの壊れかたとか、良くも悪くも新鮮でオドロキだった。今日でちょうど旅も折り返しだけれど、もっと長くいたいような、明日にでも帰りたいような不思議な気持ちだ。

ダイスケ②とタカがゲリラ乱入

その日は全体的にオフということだった。そういうふうに改めていうこともなく、おれたちは毎日オフみたいなものだけれど。

毎日変わらず元気よく鳴いて動きまわっているのはニワトリぐらいのもので、おれたちもせめてあのニワトリぐらいは体を動かさなければいけないんじゃないか、という意見も出て、暇人は温泉に行こう、と竹田が言いだした。暇人は従順にどんどくっついていき、宿にはおれと太田とヒロシとベンゴシが残った。参加率の高いベンゴシについて少し紹介しておこう。田中慎也(たなかしんや)。本当に司法試験を通った弁護士なのだが、見た感じ甘いマスクのホストクラブの若造みたいであまり信用して人生問題など相談できないような気配があり、しかも新宿では毎日酔っている。そこでカタカナのベンゴシと呼ばれている。

温泉にいく連中に太田トクヤは「帰りにマンゴー買ってきて」と頼んでいた。このヒトはひとつの食べ物に固執するヘキがある。

このシリーズの北海道旅ではなぜか歌舞伎揚げ。済州島では油のついた韓国海苔（のり）に固執し、それぞれ最初から最後まで食っていた。

温泉組とは別に似田貝と交代したばかりの榊原ダイスケ②とタカが「もしやできれば」の期待を持ってその町にある「県立信義國民小学校」に突撃していた。

少しまえそのあたりを歩いていたタカが広いグラウンドを発見し、それが小学校のものだということを知ったのだ。そしてその日、二人はアポなしで職員室に乱入したのだった。乱暴な話だがもともと乱入隊なんだからしょうがない。

なにごとか、と職員室にいた教師が数人立ち上がる。日本語は通じない。かといって單さんがいない今、中国語も通じない。中国に十年いた岡本は帰国したが、このあたりの中国語は方言が強くてむずかしい、と言っていたからわかるわけはないのだ。

「英語の先生はいませんか」

ダイスケ②が機転をきかした。こうなったらわずかな共通語は英語だけかもしれない。この機転がきいて女性の英語教師が不審顔かつ警戒顔で前に出てきた。

「我々はいま、日本のシーナマコトという作家を中心に男二十五人ほどで近くに家を借り、二週間ほど合宿生活をしています。あやしい探検隊といいますが決して怪しくありません。タンケンもとくにしません。決して怪しいモノではないのです」

タカはアメリカ英語でそういったが言っていることがすでに十分怪しい。しかし英語教師といっても小学校の教師だからタカの流暢な英語がそのままわかるとは思えない。

「なんだかわからないけれど実に怪しい奴がきた」と思ったことだろう。しかしタカは喋るスピードを落とし、ゆっくり丁寧に説明した。現地の子供たちと交流したいので、ここの小学校の児童と自分たちと放課後でも野球の練習試合ができないだろうか、ということを頼み込んだ。野球を通じて、こちらの児童に日本という国の片鱗を知ってもらいたいのです。

タカもやるもんだ。最初は固かった教師たちもタカと榊原の熱心な説明に次第に心を開いていった。放課後は誰か教師がついていないとそういうことはできないので、明日授業時間をさくのでそこでやってみましょう。

という素晴らしい回答を得たのだった。

それにしても小学校側は柔軟な対応をしてくれたものだ。この展開を逆に考えると、たとえば日本の山間部の田舎の小学校にボリビアあたりの男たちがきて「サッカーの試合しないか。やるか、やるか、やらないか、やらないか」などと言ってきているようなものだろう。

マンボウとマンゴー

さて温泉組だが、安通（アントン）というところにあり、宿から一時間もかかったらしい。天然温泉というが、湯船に藻みたいなものが大量に浮いていて、なんだかヒトの垢（あか）の百年ぶんぐらいが溜（た）まっている感じで、湯もぬるく、まったく期待外れだったらしい。

帰りに食事を、ということになり「旗魚」という高級店で魚料理を食べた。誰かが聞いたふうにここらの名物はマンボウだ、と叫びマンボウ料理ばかり注文していたらしい。

マンボウはこちらでは「曼波魚」と書くがもともとあれは形も面妖（めんよう）だが味もそんなにうまくはないのである。

むかしこの「あやしい探検隊」の青森キャンプでタタミ半畳ぐらいのマンボウを手にいれ、当時の料理長リンさんが解体したことがあるが腸からサナダムシが三匹も出てきてとんでもなく臭く、とても食べる気にならなかった。マンボウは絶対まずい。

温泉オプションに行かなくてよかった。

その店から帰る途中で天野は太田に言われた「マンゴー」を買った。マンボウとマンゴーは似ているがマンゴーのほうがまったく段違いにうまいと思う。

天野の手記

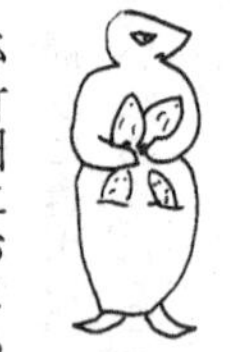

ちゃんとマンゴーを三パック買って帰ったので、宿に戻ってすぐに太田トクさんに買ってきましたよ、と見せた。トクさんはやったーと子供みたいに喜ぶ。それを見ているとこっちも嬉しくなるのだが竹田におこられた。
「バーカ！　トクさんに一度に三パックも見せたら一晩で食っちゃうじゃないか。そうするとまたおれたちが買いにいかなきゃならないだろ。一パック見せてあとは下の冷蔵庫に隠しておいて、言われたら一パックずつだせばいいんだよ」
なるほどさすが〝おかしら〟。
トクさんが食べはじめると隊長がちょっとよこせ、とトクさんの抱きしめているパックを横どりしようとする。「嫌だよぜったいあげないよ」「独り占めするなよ。合宿だろ」「嫌だ。マンゴーは合宿に関係ない」そう言って抵抗していたがやがて守りきれなくなって少し隊長にわけていた。「ばかやろう。早くよこせ」この二人は仲がいいんだか悪いんだかわからない。よくそうして喧嘩しつつ物を取り合い、結局最後はわけあっている。二人はともに七〇代。

その頃竹田は三人の若手ドレイと階下で話しあっていた。連日二十人を超える宴会があるからビールをきっかり冷やしておくのがけっこう大変なのだ。

例えばその日の場合、朝のうちに缶ビール四ケース分九六本冷やしておいた。しかし起き抜けに二〜三人がグビグビ飲みだす。これはまだいいほうだ。日中になると気温は三〇度を超えるから過半数の者が飲み始める。午後いちのまえに三ケースのビールが飲み干されてしまうのだ。夕食になると消費する数は倍になる。近所の小さな店は我々が買いまくってもう在庫がないみたいだ。スーパーにクルマで行って十ケースの追加だ。

おかしら竹田は若手ドレイをスーパーに走らせる。彼らはそういう計算と心配を毎日しているのである。

その日の夕食がボール紙のお品書きに出た。

水餃子（ギョーザ）台湾西海岸ふう
マグロフリット雑魚釣り魂マヨネーズ添え
なんでもキノコの痺（しび）れマリネ
ウコッケイ出汁（だし）のラーメン
スルメとダイコンの郷愁煮つけ
巨大オクラのナムル
ガチ冷えトマト
釈迦頭（バンレイシ）

天野が嬉しそうだ。彼はここにきてまたひとまわり大きくなったような気がする。たぶん一三〇キロだ。天野自身は一二〇キロだ、と言っていたがコンちゃんが天野の後ろについて歩いて一三〇キロなんです、一三〇キロなんです、といちいち訂正している。

天野にどのくらい食えるかと果敢に挑んだ「白めしおかわり山」の似田貝も、簡単に敗れてもう傷心の東京だろう。

けれどなんと、まだ最後のチームが来るという。

料理長のザコは長期の合宿生活を考え、
母親のように隊員の健康を気にかけてくれる。
かあちゃんみたいだ。しかしここでも天野は
エイリアンのごとく食いまくった。

台東名物の釈迦頭は
とにかく甘い、死に甘
フルーツだった。

「誰がくるんだ？」

おれは聞いた。

「名嘉元さんとトールですよ」

おお。そうか！　そういえばやつらがいなかったなあ。キッチンの主役級のキャラクターがまだ来ていなかったんだ。

アミ族少年団との激闘

突発的師弟邂逅

ニワトリ宿でみんなが水餃子(ギョーザ)や釈迦頭(バンレイシ)などを食って相変わらずビールをガパガバやっているときに、トール(大八木亨(おおやぎとおる)、新宿三丁目のワイン酒場彗富運(スプーン)、銀彗富運(シルバースプーン)の二店のオーナー。人気店で半年先の予約がとれないという)は高雄の夜の街を一人寂しくうろついていた。本当は高雄に着いたら電車でそのまま我々のいるニワトリ宿まで一気に来てしまってもいい筈(はず)だったのだが、それができないのだ。

翌日やってくる名嘉元を高雄で待っていなければならなかったからである。

こういう状況になってしまったのも、もとをいえば、あの台風二十一号の傍若無人な台湾直撃のいろんな計画のズレからはじまっている。

名嘉元もまた新宿三丁目で沖縄居酒屋「海森」を二店経営している。トールは自分の店を持つ前まで名嘉元の店で働いていた。つまりトールからいったら名嘉元はもと親方にあたる。ここにトールの義理堅さが関係してくる。

ところで度々名が出てくる、このわけのわからない集団の主役みたいになっている太田トクヤは新宿三丁目ではいまやレジェンド化しつつある複数の人気居酒屋を経営しているが、名嘉元はその太田の居酒屋で長年働き、太田のアドバイスのもと、自分の店を持った、という経緯がある。つまり間接的にはなるが、この三者は「太田―名嘉元―トール」という連携していく師弟関係にある。

休みの日程と台風の妨害によって名嘉元は一人日本を発つのが遅れてしまった。沖縄の伊江島出身の名嘉元は、自分でも言っているが「おれは伊江島と新宿三丁目、空手をやっている新宿歌舞伎町の三箇所しか知らない。だからほかのところには一人ではいけないのさあ」。

たった一人で初めて行く知らない国の空港に降りてコトバもわからないまま、しかもどこにあるかわからないニワトリ宿までいけるわけないさあ。彼にそう言われて竹田は一日早く台湾の高雄に着いているトールに、一晩そこに待機して、かつての親方を空港まで迎えにいき、我々のいるところまで連れてきてくれないか、と頼んだ。

それが無理だったらニワトリ宿から四時間かけて高雄まで誰か名嘉元を迎えに出さなければならないのだ。

せっかくあと少しで我々と合流、というところまできて、一人で何も用のない街に泊まるというのもトールにとってはタイクツな話だろう。
「名嘉元さんはおれのオヤジだからしかたがない。まあ長いこと弟子をやっていていろいろあるからあんなオヤジでいいのだろうか、という疑問をしばしば持ったこともあるが、結果的にはあのオヤジがおれを育ててくれたんだ。そんな思いをいだきながら一人で高雄の夜市へいった。海老や小ガニなど興味深い肴はあるが、なんてことだ！ どこもビールを売っていない。こんな夜店があるのかおい。こんな酔街があるのか、ビールひとつないのは酔街ともいえないのだおい！」（トール）
トールの独白を聞いていると、その無聊がつたわってくる。
しかし翌日、不安げにイミグレーションを出てきた名嘉元をトールはしっかり迎えた。二人は抱き合いこそしなかったが、新宿三丁目町内会同士、固い握手をかわした。
「ありがとうトール。助かったよ、とオヤジが言うのが嬉しかった。ちょっと照れくさかったけれど、この人の不器用な笑い顔がいつもおれの気持ちのどこかをやわらげてくれる。そのまま高雄駅近くの店でビールを飲んだ。長い時間、一人で退屈だったけれどどこの役割も悪くなかった。その日の飲み代はぜんぶオヤジが奢ってくれたし」（トール）
「高雄はなんだか全体が懐かしい感じがした。むかしの沖縄の那覇みたいだ。新宿みたいに沖縄のハブよりもっとあくどい凶悪なやつがガシャガシャしているわけではなくて、それからあまり強烈に電灯があかるすぎないのもいい」（名嘉元）

二人は師弟再会のさかずきをかわし、時間待ちをして電車で台東にむかった頃、おれたちは月曜日だけたつという台東成功鎮夜市に全員で繰り出していた。

せんだっての台東の市街地真ん中の夜市とくらべると、こっちはずっと田舎の、それこそ日本の昭和の縁日を思いおこさせる風情で、全体の雰囲気もヤボったいのがいい。ムームー（っていうんだっけ）着てやってくる親子連れとかスエット姿の中学生くらいの娘グループなどがいて、なんだかどうもみんな懐かしい。

道の左右に並んでいる夜店もタイ焼きとタコ焼きの中間のようなやつや、カップに入った冷たい果物、シュークリームみたいなやつ。ソフトクリームによく似たとんがり容器に入った小さなデコレーションケーキなどが流行（はや）っているようだ。「日式そば」というのは日本のそば（といっているがあやしい）をスパゲティみたいにして皿の上にのせて、その上になにかのソースがかけられているものだった。

スマートボール、各種お面屋、射的、金魚すくい、風船屋、麻雀（マージャン）パイをつかったビンゴみたいなやつ、ドサクサにまぎれて店びらきしているような靴屋なんてのもある。

音質の悪い大音量でずっと流しているCD屋はむかしの日本の演歌ばっかりやってい

る。だからますます昭和にタイムスリップしたみたいで、なかなかいい縁日光景だ。

　このあたりに住んでいるのはアミ族という台湾ネイティブが多いという。顔つきに独特の個性があり、みんななかなかととのった「いい顔」だ。

　写真を撮るにはもってこいの被写体ばかりなのでおれは気分が高揚していた。『アサヒカメラ』という写真雑誌にもう三十年ほど「シーナの写真日記」という写真と文章の連載を続けているので「この風景みんないただき」とばかりあちこち撮って歩いた。

　昭和の気配濃厚なこの夜市ではどんな人を写真にとっても肖像権がどうたらこうたら言ってくるような奴はいない。カメラをむけるとかえって笑ってくれたりする。小さい子の笑顔なんてタカラモノみたいなものだ。ピースサインがないのもいい。そういえばこういうところにつきものの警官の姿を殆どみないのも気持ちがいい。それと替わるようにノラ犬があちこちうろついているのも気持ちいいんだなあ。なんかもうみんな気持ちがいい。

　さしてあてもなく適当に夜店をひやかしながら歩いているうちに、今夜の夕食はここらで食ってしまおう、ということになった。

　誰かが「赤兎」という名のチャーハン専門店が近くにあるのを見つけてきた。小さ

成功の夜市は短い距離の道に屋台が立ち並び、田舎のお祭りのような雰囲気。なんだか懐かしい気持ちにさせてくれる。

香山たちは中国式の麻雀牌を使ったビンゴゲームに挑戦する。

懐かしいスマートボール。

な店だが若い男女が五〜六人でやっていて活気がある。「麻油鶏炒飯」というのが六〇元（約二一〇円）。字を見ただけでどんなものかおれたちにもだいたいわかる。誰かが近くのコンビニで素早くビールを買ってきた。いろんなことの行動が迅速になっている。

そこでみんなして炒飯を食っていると名嘉元とトールがひょっこり顔をだした。この前も別の夜市にヒロシと太陽がちゃんとやってきたのに驚いたものだ。

いまは電子機器のおかげでこうして両者はじめてやってくる異国の夜の片田舎の暗い一角にピンポイントで合流できる時代なのだ。

寝場所争奪戦

いろいろ満足してニワトリ宿に帰った。最後の二人組が合流したが、ひところと比べるとぐっと人数が減ってきてだいぶ人間らしい生活空間になってきた。デンとウッチーが大掃除をしてくれたので、このへんでみんな個室のベッドに寝られるんじゃないか、という賢い指摘をする奴がいて、あたらしい部屋割りに編成替えをすることになった。

こういうのを決めるのは「賭け事仕様」で、まずコンちゃんが一階と二階の間取り図を書く。快適順にベッドに番号がつけられ、その一方で種別と数字の違う麻雀の牌が用意される。トランプでも同じことができるだろうが、中華圏では麻雀牌のほうが真剣味が出るとヒロシが主張するのだ。それを運まかせで「ヒク」ほうがスリリングかつエンターテインメントです、と。

牌をとる順番はジャンケンになるから二重の関門だ。ジャンケンで一番になった竹田が最初に「ヒイタ」のはツインの個室の入り口に近い明るく風とおしのいいベッドだった。

「いえーい」と言いながら竹田はそのベッドにジャンプして飛び込み、まずは所有権を主張する。犬ならベッドの脚の一本に小便をかけるところだ。

順番にベッドが決まっていった。それまでは大きなフロアのすみっこなどに寝袋をおいてそこにもぐり込んでいたドレイなども運のいいやつは下士官部屋みたいなところに居住権を得たりして、これ以上ないというヨロコビ顔を見せている。

最初から個室を与えられているおれはなんともすまない気分だ。

香山イテコマシタロ君は、大手出版社の編集者で、二十年ぐらい前におれの担当をしてくれていた。イテコマシタロ、というのは関西弁で非常に乱暴かつ下品なニュアンスを持ったコトバらしいけれど香山は関西出身で、まだ言葉の抑揚などに関西弁が色濃く残っている。おれはそういう関西弁が好きなので香山を書くときは下に必ず「イテコマシタロ君」をくっつけることにしている。その香山は、今回何を思ったのかとてつもなくデカくて高くて（二〇センチ）安定している空気マットを持ってきて、それを一階のでかいホールの真ん中に置いて寝ている。だから夜は巨大な個室を独り占めにしているような状態になっていた。

「あいかわらずこの集団との毎日は愉快だったが、本当に今回も何もしない日々だった。そのぶんザコの作るめしのうまさや、いかに我々が狂ったようにビールを飲むか、ということを再確認することになったが、それはどこへ行ってもそうなのだった。ところでわがことながら、最近人事異動があり、東京に帰ると週刊誌の編集部に移ることになってしまった。するともうこんな贅沢な大バカ合宿旅行はできなくなるかもしれない。そう考えると一日一日が大事になるが、でもオレはもう明日帰国しなければならなかったのだった」（香山）

翌朝、香山はそのデカベッドをおいて帰国した。台東の駅まで香山を送るために竹

最後の刺客が合流した。
太田トクヤは名嘉元の師匠で、名嘉元はトールの師匠にあたる。
子弟トリオがついに揃う。

田の運転で天野、コンちゃんが宿を出発した。

「こっちにきて毎日運転しているかんじだ。もう左ハンドル右車線にも慣れた。注意すべき『前有違規照相』という黄色い看板とオービスのあり場所もばっちりだ。この知識、経験を今後の人生で活かせればなあ、と思うのだが、それにはこっちにこないと通用しない。そういうのが残念だ」（竹田）

竹田たちは台東駅からの帰りに人気の肉饅頭（まんとう）を買ってきた。それを加えてザコの本日の朝食。

見よう見まねのルーローハン
ザーサイとエノキのカキタマ汁
茹（ゆ）でブロッコリーと冷やしトマト

あいかわらずどれもうまい。珍しい味らしく名嘉元が感動している。

それらを食べながら、名嘉元がなんとなくぶつくさ言った。

「ここにきたらニワトリがいっぱいいるんでびっくりしたんだ。すぐに故郷を思いだして気持ちがいいさあ。だけどここのニワトリ、みんなおれの名前を呼んでいるんだよなあ。それにびっくりしたさあ」

「ん？」

食卓を囲む一同、外のニワトリたちの鳴き声に耳をすます。

「本当だ！」

誰かが言った。

本当にそうなのだった。

「ナッカ　モトーーー！」

「ミッツ　ジーー！」

「ナッカ　モトーウ！」

「ミッツジィーー！」

本当なのだった。

なんだかわからないが感動的な気分だ。

しかし、それからというもの、いつでもそのように聞こえるので、少し困った。庭にナカモト鳥がいっぱい動き回っている、というのもなあ、という感じだ。

さらにまた鳴いている。

「ナッカモトー！」

「こうなったらもうとっととニワトリらのところに行って人生の後半をこういうニワトリ集落でおくるのもいいんじゃないか」

ナカモトにおれが言うとそれに応えるように、

「ナッカモトー！」

ニッポンあやたんズ

その日の午後一時四五分から信義國小と野球の試合をやることになっていた。先方は授業の一時限分をその時間にあててくれたらしい。ということは試合は五イニングだろう。これはいわゆるひとつの国際試合であるから、我々も午前中にちゃんとミーティングした。経過および態勢からおれがGMということになった。監督は太田トクヤ。短い時間のタタカイだからモタモタしないようにその段階で我々の先発オーダーを固めておいた。

チーム名

「ニッポンあやたんズ」（先方には何だかさっぱりわからないだろう。説明も難しい）
①榊原（サード／三四歳）ＫＡＤＯＫＡＷＡ野球部の現役。
②近藤（ショート／四四歳）おれたちが日頃やっている草野球での俊敏な動き。
③竹田（セカンド／三六歳）大型のスラッガー。声もでかい。
④天野（キャッチャー／四二歳）おかわり君みたいな存在。スモウバッターで売る。
⑤大八木（ファースト／三七歳）野球経験有。
⑥平石（レフト／四三歳）本場アメリカからやって来た（？）。
⑦ザコ（センター／三九歳）アフロヘアなので迫力だけは充分。
⑧太田（ライト／七〇歳）智将とも痴将とも。
⑨名嘉元（ピッチャー／六〇歳）顔が台湾人ぽい。
そしてヒロシ（動画記録）、ウッチー（スチール）。

　だいぶ帰国しちまったのでこうしてオーダーを組んでみると総力戦になっている。監督の太田まで試合にださなければならない。しかし彼は結構いい野球センスをしているのだ。我々の平均年齢をだすと相手のチームから三〇歳ぐらい上になりそうだ。

　ダンボールにこのオーダーを書いてみんなに見せ、ＧＭとしておれは言った。

「いいか、おれたちは大人なんだぞ。手は抜かない。全力を出して試合する。いい勝負をして最後の最後で惜しくも負ける。そういう美しい試合展開でいこう」

この発言はかなり本気だった。

十七年前のことを思いだしていた。その頃、おれは突発的に草野球というか、主に海岸でやっていたので砂野球というか、十年ほどそれに凝り、五年がかりで全国組織にしていった。北海道から沖縄まで最盛期は七〇チームあって千人の登録選手がいた。首都圏には一七チームあり、毎月一回、定期的に試合をし、毎年全国各地回り持ちで全国大会までやった。

おれはこういうのをはじめるととにかくのめりこんでしまうので、やがて日本だけではなくスーパーアジアリーグを作ってしまおうと考え、韓国や台湾、ニューギニアまで行って試合をした。その頃は面白くてしょうがなかった。それの展開は文藝春秋の『オール讀物』に不定期の連載をし、やがてその経過話は二冊の本になって今に残っている。

外国チームとの試合は当時も「乱入」そのものだった。そうだったのだ。外国のチームの最初の相手は台湾だった。ここまで来てたたかった。その試合の出ている本を見ると懐かしさに満ちて泣けてくる。

相手はきちんと揃いのユニフォームに身を固めたなかなか強い草野球のチームだった。地元の新聞とかテレビなどもきていた。
おれは現役選手で、クリーンアップにいた。試合前に台湾の野球用語をいろいろ学んでいった。それがとても印象に残っている。
当時、雑誌連載におれが驚いたり感心しているのをそこからひいてみよう。
日本人がカン違いしていたのは「出局」という文字だった。語感からいってヒットだろうとみんな思ったが、それは「アウト」のことだった。
セーフは「安全上壘」これは文字から納得できる。ストライクは「好球」。ボールは「壊球」でいきなりすごいことになっている。フォアボールは「四壊球」でボールが空で四つに割れてしまったみたいじゃないか。デッドボールは「觸身球」でパスボールは「漏接球」。微妙に理解できる文字がならんでいる。
美しい文字が躍るのは球種だった。
スクリューボール＝螺旋球
スライダー＝滑球
カーブ＝曲球
ナックルボール＝胡蝶球

よく文字を見ていくとみんななるほど！　だ。胡蝶球など一度見てみたい。ボークは「投手犯規」という。今にも逮捕されそうだ。そして審判は「裁判」という。本当にそうなのである。ホームランは「全壘打」サヨナラホームランは「再見全壘打」である。これは毎回やってみたい。

翻弄される日本のおじさんたち

先方は通常授業の時間をあけてくれるのだから失礼のないように我々は早くグラウンドに行っておこう、ということになり一時に到着。授業中の小学校の校舎、グラウンドはしんとしている。

小学校の野球施設としてはバックネット、ダッグアウトなどそれなりにひととおりの形になっていることに驚き。さらに用具置き場にはピッチングマシーンなどがあるのにまた驚いた。

「おい、ここは本当に小学校なのかい。小・中・高一貫校なんてので、高校生の野球部なんてのがぞろぞろ出てくんじゃないだろうな」太田が言う。

「いや、たしかに小学校だけです」

タカがあたりを見回しながら、少し自信なげに答える。

「さっき昼飯食ったあとにPC使ってよく調べたら、うっかり見落としていたけれど、台湾のアミ族といったら日本ハムの陽岱鋼（当時）が出たところなんでした。アミ族といったら台湾でも有数の野球民族ですよ」

コンちゃんが慌てたような口ぶりで言う。

みんな頭に陽選手の顔を思い浮かべる。

「なーるほど。そういえば昨夜夜市で出会う人々の顔、男女とも特徴があってみんな陽岱鋼っぽかったなあ」

ヒロシが頷いている。

「ひゃあ。これは気が抜けないかもしれないぞ」

「いや気だけじゃなくてカラダの動きもだよ」

そんなことを言っているうちに校舎のほうから元気のいい声が聞こえてきて、小学生くらいの男女の生徒が三十人ぐらい現れた。大人の女性二人と男性一人。引率、もしくは監督の教師だろう。

彼らの顔がそれぞれ見えるくらいのところで我々は「ハイホー」と覚えたばかりのアミ族の言葉で「コンニチワ」と言った。子供たちは最初いくらか緊張とハニカミと遠慮があったみたいだけれど、すぐに何人かのリーダー体質の子が「ハイホー」と応答し、双方で口々に「ハイホー」の挨拶をした。

先生たちとちょっとした挨拶と簡単な申し合わせをしてすぐに試合になった。とにかくあまり時間的余裕はないのだ。

我々が勝手に「信義國小アミーズ」と相手チームの名をつけてしまったが、そのアミーズが先攻となった。「審判」いや「裁判」は男の先生だ。

はじまってみると小学生とはいえ野球部に入っているのかみんな鋭いバッティングだ。トップ打者が早くも我々のだらしない守備で、平凡な内野ゴロでとっとと二塁まで走ってしまう。敵はトップバッターだからとりわけ足も速いのだろう。

これはぼんやりしていられない、という緊張感が我々連日の宴会堕落した全身に走るが、緊張感という「気持ち」だけで体がついていかない。

なんとかホームベースまでは踏ませなかったが、我々のだらしのない守備ときたら目もあてられない——の見本みたいだった。

我々の攻撃になる。

「これ、ちゃんとやんねーとボロ負けするぞ。本気で行けえ！」

太田監督が早くも怒っている。

では本気でいきますわ、と言ってわがチームが打席に入ったが、大人とはいえアウェイに乱入している、という気負いがあるからか、意味なくかたくなっているみたいでフライは確実にとられる。凡ゴロは内野のフィールディングが子供離れしていて力強く速く、サケにただれた各選手の足では一塁まで半分もいかないうちに球はファーストの選手のミットに入っている、というありさまだ。

「みんなそろそろ本気だせえ！」

太田が外野から叱責するが、こっちのほうは風にふらふら流されてきたようなフライを頭でうけて倒れるような、お笑い芸人のやらせプレーみたいなエラーの連続でやうくホームベースを踏まれそうになる展開もあった。わが「ニッポンあやたんズ」は慣れない球（小学生用なのか奇妙にやわらかすぎるソフトボール）を力まかせで打とうとするからなのか、内野、外野にフラフラあがってポトリが多く、三振までする奴もいた。そんなヨレヨレながらなんとか双方得点なしの引き分け、が第一試合だった。

先生らは生徒たちの張り切りぶり、喜びぶりにうながされてか急遽もう一時限つかい、選手を変えて第二試合に入った。

四十五分体を動かしてようやく蓄積アルコールが抜けてきたのか二試合目に我々も

ニワトリ宿から歩いてほど近くにある小学校にずかずかと乱入するオトナたち。この小学校の生徒の多くがアミ族だという。

試合はピッチャーなしのティーバッティング形式だ。小学生相手に奮闘するが、こちらは珍プレーが続出してしまう。なさけない。

その辺に落ちていた段ボールに書かれたメンバー表。
あやしい探検隊の威信にかけてショウブを挑む。

突如乱入してきた怪しい集団を快く相手してくれた信義國小のみんなに感謝。

代打シーナが執念のヒットで出塁した。

ヨレヨレオジサン相手とはいえ小学生の攻撃の手がゆるむことはない。

やっと野球らしいプレーができるようになってきて点の入れあい。ボルテージがあがってきたところで最終回。ワンアウト満塁で、監督がGMのおれに代打を告げてきた。GM焦る。「おれがよく打ったのは二十年前だけどな」そう言って打席にはいった。

「果たして七〇代に入った作家はチャンスをいかせるだろうか、などと思った自分を恥じたい。しっかりショート越えの打球を放ち同点タイムリー。ファーストまで懸命に走ってくれた。シーナさんとは十年ぐらいつきあわせてもらっているけれど、全力疾走を見たのは初めてだ。果たして日本の文壇に七〇歳こえて内野安打を打つ作家がいるだろうか。みんな同じ気持ちらしく、映像を撮っているヒロシさんなどは興奮してブンブンと腕を振り回していた」（榊原）

結果は二試合とも引き分けに持ち込み、最後に両軍握手の記念撮影をして解散。予想以上の激闘。いい時間を過ごせた。

日本の小学校だったらこんなことはまず実現しないだろうなあ、型や枠に嵌められないって大事だよなあ。いつになくみんなで殊勝な会話をしながらニワトリの宿に帰ったのだった。

「ナッカモトー！」

名嘉元を見て父ちゃんおかえり、とばかりナカモト鳥たちがざわめいている。

あやたん軽音楽部、町を行く

牛、豚、羊三色スキヤキ

その日の夕食はザコを休ませて、現職のプロ料理人であるトールが料理長になった。献立は「スキヤキ」という。

もう先発隊はこっちにきてだいぶ経つからそろそろ日本の味もいいんじゃないだろうか、という判断だ。

少しヒマになったザコは気分転換に町に出て公園なんかで歌ってみたい、と言いだした。ミュージシャンのザコはギターを持ってきている。その話を聞いてずっとデジタルビデオで我々のバカ的日々を撮っているヒロシが次のような提案をした。

「ザコはこの集団に関係するオリジナル曲をいくつか持っている。この台湾の南の町でいい風景を見つけたらそれを背景にライブでやってその様子を収録したい」

ザコはすぐに賛成。それには映像と音楽のアクセントをつけるためにパーカッションみたいなのがあるといいなあ、とザコは言う。

この宿の一階には籐でまわりを頑丈に覆って革を張った不釣り合いに立派な丸椅子がある。叩くとボコンボコンポコポコとちょうどいい音がする。しかも直径七〇センチぐらいはあるから肩に担ぐと大太鼓みたいになる。

「これを肩に担いで叩けるヒトは……」部屋をひとまわり見渡すと天野がソファに寝ころがっていた。

「あいつだ。あいつしかいない」

ヒマだった天野はその役目を二つ返事で引き受けた。

「まずは試しだ。天野にひとつ注文がある。こういう場合はテレたりニヤニヤ笑っていたりするとみっともなくなる。リズムの感覚はすぐわかるからまったく無表情でポコポコ合いの手みたいに叩いておくれ」

ライブやそれこそビデオ撮りなどいろいろやっているプロのミュージシャンだからそのへんの効果や呼吸はお手のものだ。

とりあえずニワトリ林で練習してみよう、というコトになった。

面白そうなのでおれは原稿仕事を休んでベランダからその様子を見物していた。

アフロヘアのザコと丸坊主に近い一三〇キロの天野は打ち合わせや練習したわけではないのだろうがどっちも七分丈のズボンをはいていた。ザコがギターを持ち、その隣に、こうしてみるとここらの民族楽器としか思えないような大太鼓を肩に担いだ天野との組み合わせはそれだけでもう十分絵になる。
ザコがギターをひいてまずは「雑魚釣り隊の歌」を始めた。この本では「あやしい探検隊」と名乗っているが、そのチームメンバーは実質的に「雑魚釣り隊」そのものでもある。

「あやしい雑魚釣り隊の歌」
作詞・作曲＝小迫剛　編曲＝今井悠

どこかで釣れてるウワサ聞きゃ
テントかついで竿(さお)さげて
海にむかってブン投げりゃ
隣のあいつとオマツリだ
東へ西へ南に北へ
クサフグ、ハコフグ、ヒガンフグ
ヒトデ、ゴンズイ、キタマクラ
名前のないよなサカナでも

鍋（なべ）にブチこみゃダシが出る
　※注＝オマツリ：他人のと釣り糸がからみあうこと。歌は三番まである。
　林のなかにいるニワトリたちが「なんだなんだ、なにがどーしたんだ」と言って集まってくる。ザコが歌いだすとまけじと、

「ナッカモトーウ」

「ミッツジィー！」

が始まった。手伝っているつもりらしい。

　面白いけれどニワトリたちはリズムに合うところで鳴いてくれない。

「どうせならそいつらを仕込んで、ハーメルンの笛吹きみたいに後ろに行列つくらせて行進したらおもしろいだろうなあ。カネがとれるかもしれないぞ」

　ベランダからおれが無責任にけしかける。原稿書きのあいだのイベントとしてはこのチビ音楽隊の誕生はなかなか楽しい。

「ちょっと町に出て修業してきます」

　三人はそう言ってこの地の運転に慣れている竹田も巻き込んでクルマで町にむかった。

あんたたちいつまでいるの？

おれは彼らを見送るような恰好でベランダから手をふり、自室にもどった。こういう移動しない旅だと仕事がはかどる。こっちにきて書く原稿はあと残り二本ぐらいになっているが、年内に出る予定の単行本と文庫本のゲラ校正がまだ残っている。文庫のほうはすでに本になっているから変更が必要なところだけ手をいれていけばいいが、単行本は何箇所か大幅に順序を入れ換えるような作業があり、これの手入れが毎日続いている。でもそれもまあ旅先とはいえこうしてどっかり落ちついていられるから先の日程を見ながらの仕事ができるのだ。

洗面所にいくと珍しく今日のコウモリ君は洗面台の上の鏡の前のハミガキなどの物のせ台のところにいてこっちを見ていた。

おれが顔を動かせばそいつの顔を真正面から見ることができる。この前見たときと同じように小さなブタみたいな顔をしていた。目をあけているのかどうかまではわからない。コウモリ君の背後の鏡におれの顔がうつっているからいちどきにコウモリ君とおれの顔が並んでみえる角度がある。鏡さん鏡さんどっちがいい男ですか、などと双方を見比べたが「まてよ」という気持ちになった。こいつは果たして雄なのか雌なのかまだわかっていない。調べる方法もよくわからないし、調べてどうすんだ、という問題もある。

ふと、こんなに近くに接近しているのにどうしてこいつはおとなしくじっとしているのだろうか、という疑問もおきた。

こういう異なる種の個体（生物）が出会ったときに用いられるスペーシングの問題がある。「臨界距離＝接近距離」と「逃走距離」だ。これは双方の生物の大きさも関係してくるらしい。たとえば小さな生物と人間には「警戒接近距離の限界」という問題がある。

おれの座右の書の一冊は『かくれた次元』（エドワード・ホール著　日高敏隆、佐藤信行訳　みすず書房）で、もう何度も読んではその理論と実際について自分なりに実験してきた。

外国の宿ではヤモリとよく遭遇する。ヤモリと人間の「接近限界距離」はこの本によると六フィート（約一八〇センチ）と書いてあるが実際には五〇センチぐらいの場合もあるような気がする。

そんなことを考えながらコウモリへの接近限界をしらべてみようかと思ったが、あ

発作的に楽団が結成され
静かな成功の町に繰り出した。

まり近くまで接近していっておれの鼻の頭などに噛(か)みつかれても困る。

そんなことを考えている最中にも外からニワトリの鳴き声がしきりに聞こえてくる。我々とのつきあいもだいぶ長くなってきているのでニワトリとの接近限界距離はだいぶ短くなってきているような気がする。


町に出ていった軽音楽部は、ヒロシ監督の演出によって、まずはよく行っている市場の果物売り場の前で演奏した。なんだかおかしな恰好をした日本人がやってきていきなり演奏と歌を始めるのだから目立つことこの上ない。

でも市場の果物売り場のおばちゃんからしたらお得意さんだから、別に文句は言わない。でも日本語でヒロシに「あんたたちいつまでいるの? ここらでは噂になってるよ」と笑い顔で言われたらしい。おれたちの「怪しさ」は、そろそろだいぶこの町界隈(かいわい)で注目されてきているようだ。

その日の夜はトールの作った「スキヤキ」のいいにおいがしてきて、おれたちはまたビールカンをぷちんぷちんとあけて幼稚園の子供たちみたいにワリバシで小鉢を叩いてみんなで落ちつかなくなっていた。

これらの食材を買い物にいったトールの話によると市場にいい牛肉が少ししかなか

この日はトールによる混合スキヤキを堪能した。

ヤラセでおどろきすぎる我々。しかし台湾の食材を使った懐かしい日本の味に感激した我々は、ものの15分で平らげる。

ったので豚と羊肉をまぜる作戦にしたという。牛、豚、羊三種混合スキヤキだ。

　それまで知らなかったが、トールの話によるとこのあたりでは生食できる新鮮な卵も少なく、あるとすると一パック四〇〇円もする。ほかの食材と比べるとダントツに高いという。

「日本の新鮮卵の流通技術は世界一らしいけれど、それをつくづく感じたね」とトールは言っていた。

「三種混合スキヤキは特大中華鍋にふたつ作ったのでちょっと多すぎたかな、と思ったが十五分で全部消えた。相変わらずこの集団はすごい食いまくりパワーだ。いつもメシもサケも肴もうめえうめえと幸せそうに食って飲んでくれるので気持ちがいい。隊長も『トールうまかったぞ』と言ってくれた。隊長は必ずうまかったぞ、と目を見て言ってくれる。うまくないときは言わない。とにかく今日はずっと厨房に入っていたザコさんを休ませることができたのがなにより嬉しいことだった」（トール）

　夕食後、ヒロシ監督によるザコ軽音楽部の映像を見せてもらった。町角や店の前や漁港などいろんなシチュエーションでやっている。

　アフロヘアのザコのギター歌と一三〇キロ天野の大太鼓ふう丸椅子ポコポコの組み合わせが面白すぎる。

おれたちは全員、こういう無駄な遊びとなると真剣になってしまう。明日もまたどこかでやろう、と撮影隊と固い握手をかわしていた。

無座(むざ)のブルース

翌朝トールが帰国。嵐のようにやってきて嵐のように去っていく感じだった。トールが帰るので気がついたらしいが、明後日帰るザコが列車のチケットを買い忘れていた。台湾でもコンビニから端末で予約できるが、もう「無座」しかなかった。前にも書いたが無座とはそのとおり座る席がないことだ。高雄まで四時間ちかいから、無座はきつい。

ザコががっくりきているのがよくわかる。

しかしトールを台東駅まで送っていった竹田が駅で問い合わせてみるとちゃんとチケットが買えた。一緒に行った榊原と「これはヒミツにしておいて最後の晩に長いことお疲れさまと言ってシーナさんから彼に渡してもらうことにしよう」という相談をしていたそうだ。

ところがザコは「無座」が本当に切なかったらしく、竹田らが帰ってきて朝飯のときに、「無座のブルース」というのを即興でギターをひきながら歌った。

「無座のブルース」
作詞・作曲＝小迫剛

席がないことを
台湾では無座っていうんだよ
自由席じゃないよ
無座は席そのものが
ないんだよおん
無座無座無座無座
無座は悲しいね
疲れるね
おれは無座で帰るのか
無座は悲しいね

ザコは本当に心をこめて悲しそうに歌った。どうも眼鏡の奥にキラリと光っているものが見えるかんじだ。

竹田と榊原は密(ひそ)かに耳うちした。

「これは、一刻も早くチケットを渡したほうがいいんじゃないか」

「そうだなあ。いまやっちゃおう」

ザコが立って厨房に行っているあいだに榊原がザコの椅子の上に素早くチケットを置いた。やがて戻ってきたザコがそれに気がつく。

「ん？　十月九日。すると、おれが帰る日じゃないか。ん!!!　これはおれへのプレゼントれすか?!　本当れすか。わあ！　ありがとう。ありがとう」

なんとザコは本当に涙ぐんでいた。料理長はほぼ一日中立ち仕事だ。体中つかれまくっているだろう。

竹田も榊原もしらん顔をして「あさりのハングオーバー味噌汁(みそしる)」と「ラーメン」を食べている。

侘しい風景、華やかな風景

夕方からみんなで台東の町にでた。

誰かがあの町ではエビ釣りがさかんで、町のなかで釣れるらしい。などという情報をつかんできた。

「なんで町の中にエビがいるんだ？」

「わかんねえ。こういうところではエビもいたりするんじゃねーの」

「行ってみれば、ま、わかるよ」

相変わらず無責任な会話をしつつカーナビがしめすその場所に行ってみたらなんと釣り堀だった。大きな屋根があってその下にエビ釣り池やカラオケやゲームセンターがある。でもみんなおっそろしくチープで物悲しく、蚊なんかもいっぱいとんでいる。

釣り堀の水はなにかの色素をまぜているのかヘンな色ににごっていてエビが見えないようにしている。だらしのない恰好をしたデブオヤジや、無表情の中年女三人組なんかがヤル気なさそうに竿をだしている。この旅で初めて見るような頽廃(たいはい)が全体を覆っている。こういう風景や空気もあるんだな、と達観することにした。

こんなところでエビ釣りなんかしたくないのだが、みんな竿を握っている。おれのところにも誰かが持ってきてくれた。ヤル気がないから絶対釣れないだろうとわかる。蚊がうるさい。まわりに窓のない部屋がいくつかあり、ヤキソバみたいなのを持っていく人が見える。ドアをあけると大音量のカラオケ音楽が聞こえてきた。カラオケとエビ釣りとどういう関係にあるのだろうか。

なんだかよくわからないがバニーガールのなりそこないのような衣装をつけた女が手持ち無沙汰ふうに行ったりきたりしている。これもエビとどういう関係があるのだろう。

まわりの隙間のスペースには安っぽい子供だましのゲーム機みたいなのが並んでいる。ぼんやり見ていたら巨大なネズミが走っていた。ああ、ニワトリの宿が懐かしい。それでもコンちゃんをはじめ何人もおれたちの仲間がエビをつり上げている。みんな釣りとなると素直に元気なのだ。

陰気なそんなところに二時間ほどもいた。

外は少し雨が降っていた。こっちにきて初めての雨だ。

「久しぶりにちょっとゴーカな外めしといこうじゃないの」

竹田が言った。それはいい意見だ。

ここでは有名という海鮮料理店をめざしたが、そこにいく前に「覇味」と大きな赤い看板の、いやに広くて明るい店が目に入った。鴨鍋の店らしい。

「ん、はやっているね。ああいうところがいいんだよ」

太田トクヤが言う。このヒトが言うとほんのヒトコトでも説得力がある。

乗ってきた二台のクルマを道端にとめてその店に接近していくと客は百人以上いるようだ。満員に近いように見えるが奥のほうに空いているテーブルがみえる。

「人気店ですね。客がいっぱいで、料理が出てくるのが遅くなる可能性もありますがいいですか」

榊原がみんなに聞こえるように言う。

「トエトエトエ」(いいですいいです)

おれたちみんなが言う。こういう時のこの集団の反応は早い。そしてその判断に間違いなかった。

奥のほうのテーブルにちょうどおれたち全員が座れた。あとは空いている席はないようだ。若い男女の店員が大勢いてテキパキと働いている。

「きれいに管理されている店だ。掃除も行き届いているし、テキパキしているのに意味なく大声をはりあげることもない。ここはいい店だ」

太田が一人でそのようなコトを言っている。『孤独のグルメ』みたいだ。

たしかに、日本の店では時々大声で客の受け答えをさせているカン違い経営者のいる店がけっこうある。大きなラーメン屋とか観光居酒屋みたいなところに多い。大きな声をはりあげている寿司屋なんて絶対間違えている。大声が似合っているのはチャンコ鍋屋ぐらいじゃないだろうか。

竹田と榊原がメニュー見ながら店員とカタコト同士で注文のやりとりをしている。この店では多くの客が頼む料理がだいたい決まっているようだ。

店のなかに大きなガラス張りの冷蔵庫があり、ビールがそこに入っている。見ていると客が自分でとりにいくシステムらしい。お勘定は空のビール瓶を数えるようだ。

注文したのは「覇味全餐」という鍋で一二〇〇元（約四二〇〇円）。コンロがふたつテーブルに置かれ、スープの入った鍋がのっている。ここに基本的な具が入っているがいろんなものを追加するシステムだった。たとえば鴨の心臓とか高野豆腐とかめん類。みんなうまかった。ビールもおれたちはバカさ全開で大きな瓶をたちまち一ダースは飲んでしまっただろう。

旅もそろそろ終盤だ。

明日は早くから堤防釣りにいくメンバーがいるので釣り具屋をさがし、そこで堤防釣りのサカナに向いた仕掛けを買う。

名嘉元がこういう時のためにとおぼえてきた「我想要釣魚」（ウォシャイャンャウディァォユー＝釣りがしたいんです）と言う。少し通じたらしく店の親父がこいつコトバわかるのかと思ったのだろう、いろんなことを言ってくれるのだが当然何を言ってんだかおれたち誰にもわからない。おれたちは常にバカなのだ。

しょうがないのでザコと天野が店の前でギターと例の代用大太鼓（クルマに積んで持って歩いている）で雑魚釣り隊の歌をうたってヒロシが撮影。終わると店主が手を叩いて笑っていた。やっぱり音楽は世界に通じるコトバなんだ！　とおれたちは手に手をとりあって喜びあう。店の親父も嬉しそうだが、どうして嬉しいんだろう、と言いつつおれたちは笑う。台湾はまったくいいところだ。

コンちゃんたちはこんな所でも
しっかり釣っていた。
それにしても陰気だなあ。

働き者ウッチーには
シアワセな時間。

立ち寄った釣り具店でも歌う。どこでも歌う。
いつしか陰気がどこかに消えていた。

天野哲也の食べまくり
人生になにか一言
おかずのいらない子でした。
ぼくは強い子になる。
栄養に片寄りがあった。
自転車を三台壊しました。
哲也はあれからぐっと痩せた。

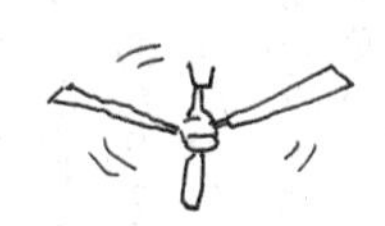

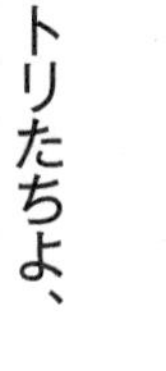

さらばニワトリたちよ、
コウモリ君よ元気でな

最後の早朝堤防釣り

珍しく雨の朝だ。

しかしその日は「釣りをしたいです」という現地語をおぼえてきた名嘉元を釣り隊長として堤防釣りに出ることになっていた。まず釣り隊長以下ザコ、ヒロシ、タカが午前四時に起きて出発。あとを追うかたちでコン、天野、竹田、榊原がコンビニでみんなの弁当を買っていく。

堤防まで四十分ぐらいだ。七時におれと太田が到着。これが今回の遠征の最後の釣りになるだろう。

あたりが明るくなる頃には雨がすっかりあがり、薄い雲が流れていく。急速に晴れそうだった。背後をみると低い山がつらなっていて濃い緑から早くも水蒸気がわきあがっている。高い山のほうが温度変化にいち早く対応しているかんじだ。

暗いうちに漁に出ていったのだろう。漁船が次々に帰港してくる。そのへんは日本と変わらない風景だ。緑島にマグロ・カツオ釣りに出ていったのがもうずっと前のような気がする。

名嘉元らは早朝出陣したのに釣果はさしてなく、名前のわからないような南洋雑魚が何匹か釣れている程度らしい。ザコの歌う「雑魚釣り隊」の歌詞そのものになっている。

でもゆったりとしたいい時間。いい風景がまわりにある。日本に帰ったらたちまちいつものあわただしい日々に巻き込まれ、いまのような時間は別の次元でおきたことのように思うしかないのかもしれない。

そんなことをぼんやり考えていると、薄く流れていた雲が引き裂かれるようになり、同時に鋭い陽光がさしこんできた。風景にメリハリがついて写真を撮るのにちょうどいい。

三十分もすると暑くなってきた。また先日のような夏そのものの汗だらけの日々に戻りそうだ。

太田はいつの間にかコンクリートのちょっとしたでっぱりを枕にしてじきに寝てしまっている。彼の経営している店は朝がたまでやっているので、東京での生活は昼夜逆転していて、昼間会うといつも眠そうな顔をしている。今度の旅でこの一年分ぐら

気合十分で向かった堤防に並ぶ
雑魚釣り隊一行。

そろそろ旅も終わりに近づいた。
魚が釣れなければのんびり昼寝をすればいい。

ヒロシが申し訳ないほどに
小さな魚を釣り上げる。

シーナは5分であきらめた。

いの寝不足人生の埋め合わせができた、と数日前に言っていた。

太陽がのぼってくるにつれて思っていた以上の早さで堤防の上は暑くなり、一〇時すぎると雑魚釣りも飽きてきたようだった。

「今日のひるめしは死に辛ソーメンにしよう」ザコが言った。全員「やったあ」などと言う。本当に辛いのが好きな集団なのだ。

恒例、床屋変身作戦

その日の遅い午後、床屋作戦を忘れているじゃないか、とザコが言いだした。

この「乱入」シリーズの前回「済州島」で合宿していたとき、三人が現地の床屋に行ってコトバの通じないなかで三人それぞれ不思議な髪型になって変身したのを思いだした。そのときの勇気ある最初の一人がザコなのだった。

「ここではまず竹田に勝負してもらおう」

誰からともなくその人選が出た。

「いいすよ。やりましょう。バッサリやってもらいますよ」

竹田キッパリうなずく。

もうニワトリ宿の生活も長くなり、歩いていける「成功(ツエンコン)」という地名の町に「巧勢男士理髪沙姑」という床屋があるのをおれたちはたびたび見ていた。ザコと天野もついていく。ヒロシがその様子を撮影する、といって竹田についていった。ザコはギターを背に、天野は例の大太鼓椅子を担いでいる。

それを見て結局いつもの「なんだなんだ」というぐあいになってみんなついて行くことになってしまった。

床屋さんに客はいなかった。

竹田いわく泉ピン子からアクを抜いたようなミニスカートのおばちゃんが、ちょっと驚いたような顔をして出てきた。竹田の後ろに十人ぐらいのカタマリになったおれたちがいるのだからオドロイた顔になるのも当然だろう。

榊原がスマホのアプリで「請切成時尚髪型」（流行の髪型にしてください）という文字をだし、アクぬきピン子に見せる。

その文字だけではすぐにはちゃんと伝わらなかったようだが、床屋にやってきて髪の毛を指してナンカ言っているのだから目的はむこうにもすぐわかる筈(はず)だ。

竹田はひとつだけしかない例の床屋椅子にすわり、エプロンをつけてもらった。アクぬきピン子は余裕にみちて、洗髪もせずにすぐに竹田の襟足にいきなりバリカンを

いれる。十人のオーディエンスから、

「おっ、大胆だ」

「このおばちゃんは名のあるカリスマ理髪師に違いない」

「この成功（ここらの地名）で一番の筈だ」

「でも成功にはここ一箇所しか床屋はないぞ」

などと口々に勝手なことを言っている。

そのうちザコと天野が竹田の左右に行って、例の演奏と歌をはじめた。ヒロシがそれをいろんな角度から撮影している。

いつのまにか床屋の外にひとだかりがしている。近所の人が「なんだなんだ」という顔をして覗きにきているようだった。

アク抜きピン子は根性が据わっているのかこの騒ぎに少しもヒルまず、続いて竹田の頭の両サイドを激しく刈りあげていく。ついに「しとぴっちゃん状態」になった竹田の側頭部に小さなハサミとカミソリ、こぶりのバリカンを駆使して頭の地肌が見えるくらいになにやら彫りこんでいる。動きからいって「イナズマ」のように見える。

ふたたびおれたちは「なんだなんだ状態」になっていく。

「サンダー竹田にするのか」

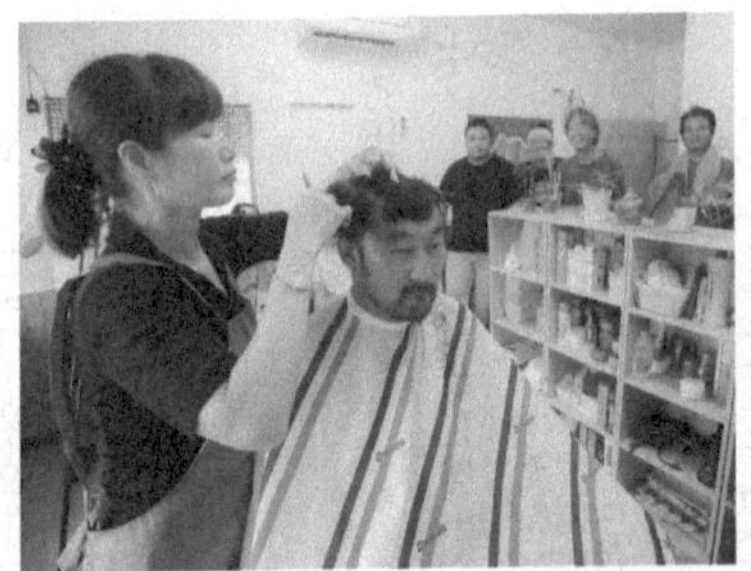

まずは竹田が挑戦する。
アク抜きピン子が
大胆にカットしてゆく。

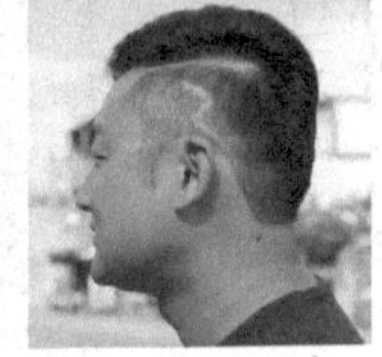

ぼさぼさ頭から爽やかな
「おかしらサンダー」に
変じた。

太田はコボちゃんに。けっこうサマ
になっている。

「いや、ここは中華文化の国。あれはドラゴンだよ」

「雑魚釣り隊のZの文字じゃないのか」

「おれにはナメクジに見えるけどなあ」

ふたたびみんな勝手なことを言いだした。

竹田の回想

椅子に座ったときからぼくには自由がなかった。單さん、岡本さんがいなくなった今、まったく言葉が通じない状態でもアクぬきピン子は何か言ってくる。雰囲気で「こうしようか」「ああしましょうか」などと聞いているようなのだが、ぼくは何を聞かれても「トエトエ」（はいはい）「ハオヤエ」（それでいいです）ぐらいしか言えないからどんどん好きなように刈られていく。いいんだもうおれのアタマなんかどうなったって……。ん？　トエトエ。ハオヤエ。


竹田の次は太田トクヤが椅子に座った。

ピン子が写真や絵で髪型の見本を見せる。

「昭和髪型」というのを太田はえらんだ。これも刈り上げが基本で太田はだんだん読売新聞の「コボちゃん」のようになっていく。

ふたりともエライ。

ギターを背負った料理人

なんでも応用できる変幻自在のザコの飯づくりはその夜が最後だった。最後の帰国チームは残りの日々はソトから買ってきたものですませるしかない。ドレイがいるうちに料理道具や食材の不要なものなど片付けてしまったので、最後のザコめしは、

スパゲティボンゴレ台東スタイル
スパゲティボロネーゼ台東スタイル

というシンプルなものだった。しかしザコは若い頃にイタリアンの修業をしていたのだからこれぞ本場の味だ。

「ザコもトールも本当にごちそうさま。ふたりとも海外も野外も関係なく、どんなキッチンでもうまいものを仕上げてくれるよねえ。そうしてなにが素晴らしいかというとその土地のテイストがしっかり入っているコトですね。現地ではなかなか食えないものもあって旅する料理人の真価をぼくはしっかり見せてもらいましたよ」

というのはおれたち仲間うちではもっぱら「フードコメンテイター」と呼ばれているヒロシが竹田に聞かれて答えた感想である。

ヒロシは二〇代の頃、人間はどのくらい食えるものだろうか、ということに深い興味をもち、学生で基本的にこづかい不足だったこともあり、その当時学生街などにあった「大食いイベント」を宣伝の一環にしている店によく挑戦していた。カレーライス二十人前一気食い、とかそこなし牛丼大食い大会、なんていうやつだ。

あるとき三キロギョーザに挑んだことがあって、その話を本人から聞いてなるほど、と感心したことがある。

「三キロギョーザはモノが二通りあり、ひとつは丸々一コが三キロのギョーザ。つまり一個がバケモノみたいにでかいのです。もうひとつのコースが通常のギョーザの皮をまとったギョーザ群でそれが合計三キロある奴です。沢山早く食べるのにどっちが有利と思いますか」

ヒロシに聞かれた。そのようなことを聞かれても考えたことがないからおれはわからない。イベントとしてはドデンと大きい一個三キロの怪獣みたいなやつにかぶりついたほうが絵になると思ったのでそっちを言った。

「ひとつになっているギョーザは実際に食べると辛いのです。中身を食っていく段になると具だけをひたすら食い進んでいくしかない。具のトンネルを掘りすすんでいくかんじ。単一の味の連続です。胃袋がいかに大きくてもメンタルな部分でまいってくるのです。だからぼくはひとつひとつ普通の大きさになっているのを百個単位で食っていきました」

結果は完食してヒロシが勝ったらしい。

それから量だけではなく世界にはいろんな種類の食い物があるのを知るにつれて、それらを一生のうちに全部食ってしまいたい、という大食い探検家の道に入っていく。

だから食い物についての知識はものすごい。そしていつも自分のポリシーをしっかり持っているのも、この二十年ぐらいのつきあいでおれは知った。この我々のビールガブ飲み大食い集団のなかにあってもヒロシだけは作られる食べ物ひとつひとつをしっかり分析し、理解して食っているのである。フードコメンテイターのいる大食い集団なのだからまるきりバカの大食い集団ではない、ということをおれは主張したい。

最近のヒロシは結婚して子供ができてますます大人に成長したように思える。その日も料理のあと始末や皿洗いなどを進んでやっているのを見ておれは目を見張ったものだ。

そして翌朝、ザコはみんなに見送られてギター背負って日本に帰っていった。

そのあとみんなでこのニワトリ宿の内外の大掃除をした。ゴミをとにかく徹底して集め、飛ぶ鳥アトを濁さずの精神でいこう、と方針をはっきりさせた。

昼めしは弁当になった。豚肉を薄くして揚げたものと鶏手羽の巨大なのを揚げたものの二種類。どちらもうまい。

「そういえばおれたちはついに庭のあのニワトリを食わずにすんだなあ」

「まあこれだけ毎日濃厚につきあっているとやつらも古い仲間みたいに思えてきたからなあ」

「ナッカモトトオもミッジィもいるしなあ」

「最近アッマッノオーというニワトリも出てきたぞ」

「おれも聞いた。なんだか感動したぞ。そのうちみんなの名前を叫びだすんじゃないか」

ザコによる最後の晩餐はスパゲティ。
合宿中、とにかくうまい飯をたらふく食わせてくれた。

名嘉元の世話をしながら台東まで
駆けつけたトールにも感謝したい。

「でもやつらとも間もなくお別れだな」

ついでに今回の旅を振り返っての話になった。

「結局日本人とは一人もあわなかったな」

「おれたち誰もガイドブックを開いていなかった」

「仲間うちのケンカがなかったな。少しぐらいあってもおかしくなかったけれど」

「けっこうひそかに後ろの林のなかで決闘なんか行われていたりして」

「そうしたらニワトリたちが黙っていないよ」

「黙っていないよって？」

「みんなで激しく鳴くから名嘉元が駆けつける。名嘉元は琉球空手やってるからニワトリたちも頼りにしている筈だ」

「この乱入シリーズの一番はじめは北海道だったけれど、あのとき広大なところをひたすら動きまわっていたのでエピソードが生まれない、という反省があった」

「だから次は済州島にして拠点を三箇所にした」

「それなりに成功したよな」

「今回はもっと絞りこんだ」

「行動範囲が極端に狭まって、それが濃い日々になっていった気がするな」

「やろうとして忘れたこともあった」

「たとえば何？」

「ビンロウ」

「うーん。あれはビンロウの実をキンマの葉でくるんで石灰の粉と一緒にしてカジルんだけど、最初は口の中が化学火傷（やけど）したみたいになって半日モノの味がわからなくなる。唾液（だえき）が真っ赤になって絶えず地面に赤い唾（つば）を吐いているんだ」

「あれの効用はナンなの？」

「軽い覚醒（かくせい）作用があるらしい。だから長距離トラックの運転手なんかが愛用しているんだよ」

「それで道路ぎわの派手派手のボックスみたいな売店にきわどい服装をした若い女が座っていて怪しく売っているわけなんだな」

「あれは体によくないの？」

「そりゃあそうだよ。石灰を食べることになるんだもの。口のなかが常に真っ赤だし歯がボロボロになるし」

　その日の夜は成功の町の「米苔目艘海産」という店に行った。おまかせでいろんな海産物料理をだしてもらったがあまり記憶にのこらない店だった。お客さんのなかの老婦人が我々を日本人と知って嬉しそうに話しかけてきた。きちんとわかる日本語だった。こういうときは太田トクヤがたいてい丁寧に応対するので彼を代表者にする。

その店のおいしいものをいろいろ教えてもらったが、ほとんど売り切れだった。

ビールが二〇本しかない、という。

「じゃみんな飲んじゃおうか。最後の晩でもあるし」

そうしてちゃんとみんな飲んでしまった。

そこから帰る途中で海産物屋があり、太田がちょっと寄っていきたい、と言いだした。

おれたちは小学生みたいなところがあるから、またみんなでゾロゾロそのあとをついていく。

鰹節を売っている店だった。太田は従業員のおみやげにしたいから、といって一〇〇本買います、と言った。最初店番の若い女が相手をしてくれたが、やがて親父を連れてきた。一〇〇本、と聞くと「だめだそんなにない」と言ってあっさり断られてしまった。冗談と思われたのかもしれない。

空港までまっしぐら

十月十日。最後まで残った十人が帰国する日だ。單さんに言われたようにカギを部屋の中においていく。最後にもう一度全部の部屋を点検。おれは洗面所のコウモリ君に別れを告げにいったが、どこに隠れているのか姿は見えなかった。

「キミはここにずっといてもいいけれどなんか食うんだぞ。ムシとか木の実とかな。それからニワトリとケンカするんじゃないぞ。あいつら沢山いるからな。じゃ元気でな、サヨナラ」

鉄道班の名嘉元、タカ、ヒロシ、ウッチーはタクシーで台東の駅へ。

クルマ班のシーナ、太田トクヤ、コン、天野、榊原、竹田は高雄を目指して四時間のドライブだ。

「おれたちはとにかく腹を減らすヒトが多いので最後に今回とてもお世話になった『東河包子』に寄って肉まんを適量買った。さらにその近所の屋台でトクヤさん用にマンゴーを買う。トクヤさんは屋台のおばちゃんが果物ナイフでマンゴーを器用にむくのをじーっと見ている。だからだろうかおばちゃんはマンゴーをひとつオマケして

くれた。トクヤさんはそれを嬉しそうにかじっている」（竹田）

「三十年ぐらい前かな。新宿にわが店、池林房ができて一所懸命に働いて、店の経営がようやくなんとか軌道にのった頃に、あっ、ぼくは故郷の岩見沢と新宿しか知らないんだ、と思って、沖縄にひとり旅に出たんだよね。沖縄に行っても何も知らないから空港のインフォメーションで『静かな海はどこにありますか』って聞いたら『ケラマ諸島なんかいいですよ』って教えられた。そこに船で行って生まれて初めてマンゴーを食べて、ああうまいなあ、北海道にはない味だなあ、と思ったんだ。それ以来、この濃厚な味が忘れられなくてねえ」（太田）

四時間のドライブは長いから途中休み休みいく。台湾は街道沿いにコンビニがあってその後ろに日本でいうサービスエリアにあるような機能として公衆便所などがついている。

途中でその一箇所に入った。中国のしきりもドアもない非人間的な全身まるだしニイハオトイレと違って台湾は大便所がちゃんと個室になっている。けれど場所によって水洗方法がちょっと変わっているところもある。

横流れ式のところがあるのだ。下水の上に個室を並べたような構造をしている。下水に水が流れて排便したものが流されていく。間欠的に（例えば三分間に一回ぐらいとか）水が流れるようになっていて、個室からは操作できない。

だから下流（？）になればなるほど上流（？）からの排泄物がたくさん流れてくる。そしてこの水流が弱いときれいに一掃されなかったりする。隣の親父がひりだしたデカ大便が自分のところの真ん中で止まってしまう、ということも起きるわけでこれはいささか嫌な感じだ。いやかなり嫌なかんじだ。


これを書いている今は一月十日。昨年の十月十日のことを書いているわけだからあれから早くも三カ月経ってしまったのだ。

おれたちの、果たして本にしてどれほどの意味があるのかわからない大バカ合宿顚末記の原稿を元旦から書きだして、毎日一章ぶん書いていた。一章はだいたい四〇〇字詰め原稿用紙で二〇枚から三〇枚のあいだ。十日間で二五〇枚ぐらいになるんじゃないかと計算した。

ぼくは記憶力がまるでないし、マメにメモなどとることもしないから、旅の経過のこまかいことは全部、竹田に記録してもらった。その「竹田レポート」がないと、この本は書けなかった。竹田はフリーのスポーツライターだから、彼の書くレポートは面白い。そのまま本になるんじゃないか、と思ったほどだ。だからここでは竹田の書いた表現をかなりあちこちでそのまま使っている。床屋の場面などは彼の表現を使わないととても書けなかった。

「アクを抜いた泉ピン子」とか「しとぴっちゃん状態」とか太田の刈りあげ頭を「読売新聞のコボちゃん」などというのは竹田の表現をそのまま使っている。

しかし書いていてとても困ったのは、おれたちのすさまじいビールの飲みかただった。

たしかに毎日必ずビールをガボガボのんでいたからその記憶が鮮明によみがえってくる。しかしぼくはこれを書いている十日間、ビールはもちろんのことアルコール類は一切飲んではいけない状態になっていたのだ。

理由はピロリ菌だ。胃のなかに棲息（せいそく）している。ピロリなんてちょっとかわいい名前なんだけれどあくどい奴で胃潰瘍（いかいよう）や胃ガンの原因になるという。日本人の五〇パーセントはこれに侵されている、と本に書いてある。原因は水らしい。井戸水などの水を飲んでいる世代が多いという。川の水がいちばんヤバイようだ。ふーむ。これまでアマゾン川とかメコン川などで知らずに飲んでいた水が怪しい。ガンジス川では泳いでしまったし。

除菌は何種類かの抗生物質を一週間飲み続けなければならない。その一週間の前後を含めて十日間はアルコール類を飲めない。

あまりヒトと会わずにすむ新年にその薬を飲むことにした。それが元旦から十日間なのだ。

その十日間を使って、この台湾大バカ旅の顛末を書くことにした。毎日一章。サケを一切飲まないから頭は普段よりちょっとは働きそうだ。そうして今、十章目のこの文章のところまできた、という訳なのだ。

書いているあいだ、あまりにもおれたちがビールばかり飲んでいるので、それを思いだし、ビールなしの日々としては恐ろしいユーワクとなっていた。

大バカ合宿だったけれど、思えばシアワセな日々だったのだ。コウモリ君のことも思いだしていた。あいつは無事でいるだろうか。ナッカモトーのニワトリたちはまだ一日中鳴きさわいでいるだろうか。ニワトリたちの鳴き声を聞きながら酔っていた日々を思いだしつつ今日十章まできたのだ。これが最後の章。同時に「あやしい探検隊」シリーズの最終章、となる。

竹田レポート

さて、突然「あとがき」みたいなのを挿入してしまった。空港に向かう途中のところで話のコシを折ってしまったのだ。おれたちをちゃんと日本に帰さないといけない。そのあたりのことは竹田レポートをそのまま使いたい。


一一時。

予定より早く高雄空港に到着。

とにかくレンタカーを返却する。約二週間、無事故、無違反だった。このシリーズ一回目の北海道、続く二回目の済州島もそうだが、この三部作はずっとクルマ移動だったが、誰ひとり事故はおこさなかった。我々の唯一の自慢かもしれない。

全員チェックインし、空港内のカフェで最後の乾杯。トクヤさんが免税店で自分のところの従業員にオミヤゲを大量に買いこんでいた。それらを我々のところに無造作に置いてトクヤさんはトイレに。退屈になっている椎名隊長それを隠す。戻ってきたトクヤさん慌てる。今度はシーナさんがトイレに行く。トクヤさんはシーナさんの上着を着てシーナさんのカメラ入りの荷物一式を持って他の団体客にまぎれるように奥のテーブルに座る。戻ってきたシーナさん慌てる。トクヤさんが隠しているのをみつけ、しばく。

「あやしい探検隊」はこれでファイナルだけど「七〇歳をこえたこの二人を見ていると、まだまだ続きそうだなあ」誰からともなくみんなで頷きあい、バニラエアJW122便に乗り込んだ。

快晴。紺碧の青空に迎えられて離陸。

椎名誠の哀愁の島に霧が降るのだ
魚は輪切りにかぎる。
物事をおそれない。
島が私を呼ぶ
塩辛が青春だった。
素塩が一番大事
カツを
島が笑っていた。

特別座談会

朝まで生ビール

初期は本当に怪しかった

この本は「あやしい探検隊」を名乗っているが、いま『週刊ポスト』に毎月一回の頻度（つまりはまあ月刊）で連載している「怪しい雑魚釣り隊」と構成メンバーが殆ど同じで、ほぼダブっている。

まぎらわしいね。だから名称はどっちでもいいのである。中身は一緒。でも最初の『わしらは怪しい探険隊』の文庫が角川書店から出たのは、一九八二年のことであり、それからメンバーが増えたり減ったりしながらも三十年前後にわたって海外篇や傍系ものを含めて連綿としてシリーズものとして出てきた。（二五七頁参照）

そして再生（新生？）「あやしい探検隊」のほうは二〇一一年刊行の『北海道乱入』から書き下ろし路線に入り『済州島乱入』をへてこの二〇一六年の『台湾ニワトリ島乱入』で書き下ろし三部作のファイナルとなった。思えばけっこう歴史はあるんだけど、果してこの集団が何をしてきたのか、ということを問い詰められるとみんなしてうつむいてしまうしかない。

それでもいつの日か我々全員が滅び、死に絶えてしまっても、後生のもの好きなヒトに「あやしい探検隊およびあやしい雑魚釣り隊とはナンであったのか」などという研究書を書くようなヒトも出てくるかもしれない。まあそんなコトないだろうがモノゴトはわからない。

そのヒトのためにも、この「ファイナル」で暇な連中を集め「おれたちはいったいなんなんだ。何をしてきたのか」というテーマで学術的座談会を繰り広げたい、と考えたわけである。

〈出席者〉

隊長……シーナ・椎名誠
西澤……暴れん坊・副隊長
海仁……理性の人、釣りエース
ヒロシ……かつて一升チャーハンを食った、デカバライズムのレジェンド
ザコ……本名は小迫（もっぱらザコと呼ばれている）、ミュージシャン、料理長

太陽……ドレイから近頃隊員に昇格した
竹田……いまや沢山いるドレイのまとめ役なのでドレイ頭、通称「おかしら」とよばれる
編集……ＫＡＤＯＫＡＷＡから似田貝と榊原の二人

回想録からはじまった

西澤　今のおれたち、数だけはすごいなあ。いま何人？

竹田　見習い新人をいれて三十二～三人というところですがまあ確定、二十八人ってとこですかね。

太陽　中途半端な寄せ集め新党みたいですね。

竹田　登録も宣誓も会費もないからよくわからないところがある。

海仁　約三十人というといまの小学校の一クラス分くらいだ。煩(うるさ)くてわがままでみんな言うこと聞かない。

ヒロシ　学級崩壊。

西澤　こうしてむかしのタンケンタイの顔ぶれと今のおれたちの顔ぶれを比べてみると、今のおれたちかなり小粒感があるなあ。

椎名　まあむかしのおれたちのアホバカバタバタの伝聞にオヒレがついてるからなんだろうな。

編集　当時は何人ぐらい？

椎名　平均十人ぐらいかな。

ヒロシ　初期の頃からもう行状記をシーナさんが本に書くのが決まって行動してたんですか。

椎名　いや、まったく違って、第一作の『わしらは怪しい探険隊』は編集者に何か面白い話書けませんか、と言われて書いたんだ。北宋社という社員二人しかいない小さな出版社だった。だからその頃の五年ぐらいの出来事を回想して書いたのがはじまり。記憶からとんでいるエピソードは限りないから仲間たちに酒場で聞いたりしてた。

太陽　えっ酔ってですか。今のおれらと変わらない。

椎名　だからアホバカ回想録だね。こんなので本になるのかね、と思ってオレ出版社に印税いらないって言ってしまった。そうしたら本当に印税まったく払ってくれなかった。『さらば国分寺書店のオババ』を書いて二冊目の頃で、おれサラリーマンしてて給料貰ってたから印税なくてもこんなバカ話で本にしてくれるんならそれでいいやあ、と。

竹田　あくまでも単純な遊びだったんですね。

椎名　だってタンケンといいつつそれらしいことは何にもせずどこかの島に渡って

焚き火してキャンプして飲んで帰ってくる話だけなんだものな。

目的地なんてどこでも

ザコ　行き先をきめるのがかなりいいかげんだった、と当時のドレイの沢田さんが書いていますが。

椎名　そうね。行き先がはっきりしないのに今週末、上野駅に夜一〇時集合、なんて平気でやってた。事務局長というのがいて小安ってやつ。今の竹田みたいなやつ。死んじゃったんだけどなあ。竹田死ぬなよ。まあとにかく当時はそいつにそういうふうに言えばあとはすべてよかったんだ。でもドレイ沢田（現『暮しの手帖』編集長）がどこへ行くのかちゃんとわからないと服装とか靴をどうしたらいいかわからない、なんて心配してた。日本の中だからどこへ行くのにもたいして変わらないのにね。

太陽　そのときはシーナさんの中でだいたい行き先は決まってたんですか。

椎名　まあ、夜行列車でとにかくわしらは北へいく！　とか。そのくらいはね。

竹田　ひでえ。

ヒロシ　三重県の神島キャンプのときは、最初は渥美半島の先端の伊良湖岬めざしてたんですよね。それが神島になっちゃった。

椎名　そうだ。そんなことあったなあ。お前よく知ってるなあ。

ヒロシ　知ってるな、って、シーナさんが本に書いているんですよ。

椎名　あっそうか。あのときは伊良湖岬に十人ぐらいで行ったんだ。そうしたら面白くもなんともないんだよ。すると沖のほうに美しい島が見えて、それが神島だった。じゃあそこに行こう、となったんだ。

西澤　連絡船があったんですか。

椎名　そんなのなかったなあ。暇そうにしている漁師がいたので渡しの交渉をしたら気のいい漁師で「あいよ」って乗せてってくれた。三〇分ぐらいで島に着いちゃった。

ザコ　いいかげんだなあ。でもそれが本当の怪しいタンケン旅かもしれないねえ。

椎名　困ったのは半日遅れてやってくる木村弁護士だ。島の公衆電話から事務所に連絡したらもう出発しちゃったという。でも事務所のヒトが夕方にはベンゴシは事務所にかならず電話が入るからと。でイラゴ岬から漁船にのって島にこいと伝言しといたんだ。

編集　まだケータイがなかった頃なんですね。

椎名　うん。今思うとケータイは便利だよなあ。でもそうしたら夕方、木村弁護士は鞄（かばん）さげてスーツ着てちゃんとキャンプ地にやってきたよ。

ザコ　地名もわからないのに？

椎名　だって海岸で焚き火をさがせばいいんだもの。

一同　なーるほど。

蚊とり線香カレーの真相

竹田　当時のドレイって本当に待遇がひどかったそうですね。ぼやぼやしてると夕ごはんが食べられなくなってしまうと。

椎名　料理は沢野がやっていた。あいつはまずタマネギ切って、ジャガイモ切って、ニンジン切って、安い肉やゴボウなんかもあって、それをとにかく鍋（なべ）で煮る。やつはカレールーをいれるか味噌（みそ）をいれるか醤油（しょうゆ）をいれるかの三種類しかできないんだ。だからカレーのほかは豚汁かけんちん汁とか。それであいつは自分が食いたいから作るだけなのでその時の気分で方針を決める。できあがったらおれとか沢野とか木村なんかが先に食っちゃう。そうだ。目黒(めぐろ)がたまたま焚き火でごはん炊いたらうまかったので「釜(かま)炊きメグロ」と呼ぶようになって君にしかこんなうまいめしは炊けないとみんなでおだてて専門職にしたんだ。そうじゃないとあいつはすぐに「もう帰ろうよ」と言うんだ。このメグロまでが幹部でドレイはその下だなあ。

太陽　当時から年齢序列だったんですか？

椎名　いやテキトウだったな。能力順……。

ヒロシ　誰かが文庫本の解説に書いてましたけどドレイは本当にひどかったらしいですね。あとのほうになるとご飯に砂が入っていたり……。

椎名　まあドレイだもの。

竹田　カレーを食っていたら当然どんどん減っていくでしょう。そうして最後のほうになったら鍋の底に蚊とり線香がまるまるへばりついていたって、本当ですか。

椎名　本当だったなあ。でもその日、妙にカレーが旨(うま)かったんだよ。最後に蚊とり線香が出てきてああコレが隠し味だったのか、という話になって。

太陽　沢野さんがわざと入れたんですか。

椎名　いや彼は自分が食ったらあとはどーでもいいんだもの。そのあとの早く食おうという大さわぎのとき、なんかの拍子で蚊とり線香が自然に鍋に飛び込んじゃったんだろうな。

西澤　不思議に思うのは、そういう辛(つら)い思いをしてみんなよく毎年、ちゃんといろんな島に行ってましたね。

椎名　みんなあとで言ってたけど、当時おれは今より暴力的だったから、なんか本気で文句いうと怖いって言ってたね。

ザコ　ひでえ隊長。

椎名　キマリがあったんだ。①絶対ビールを絶やすな、②嫌がる奴にむりやり食わせるな、③もう帰ろうよ、と言わないこと。

西澤　タコ部屋かよう。

椎名　とくにビールについては厳格だった。有人島にいくのにも本土からビールをかなり買っていった。当時は瓶ビールなんだ。四ダースぐらい。目黒が「シーナ、いくらなんでもヒトが住んでいる島なんだからビールぐらい絶対あるよ」と大人のたしなめをするんだけど、「おメー！　もし無かったらどうすんだ。おメー、責任とれんのか！」って凄(すご)い目つきで目黒を睨(にら)みつける。そ

竹田　うするとたいていみんなおれの言うことを聞いたな。
椎名　島にビールは無かったんですか。
　　　あった。（うつむく）

遺伝子は続いていくよ

編集　今の「雑魚釣り隊」とその初期の「あやしい探検隊」をくらべるとどうなんですか。メンバーとか全体の力とか。
椎名　むかしの奴と今の奴を較べることができるよね。
西澤　まずベンゴシだな。むかしの木村弁護士といまの田中弁護士。田中は中央大学で木村先生の後輩にあたるんだよな。これ比較にならないんじゃないの。レベルが。
海仁　年齢が違うものねえ。
ヒロシ　いや、当時の木村先生といまのシンヤ（田中弁護士）はほとんど同年齢じゃないかな。
竹田　あっ、そうか。シーナさんも沢野さんも当時は今の西澤さんよりもずっと若

椎名　いんだ。木村はおれが言うとなんでもやってくれた。焚き火囲んで即興民謡。「焚き火節」とか「サザエ甚句」とか「粟島ヒラヒラ音頭」とか。

編集　ヒラヒラ音頭ってどういうのですか。

椎名　おれが思いつきでお題を言ってすぐに木村が即興でいきなり歌いだすんだから意味なんかないのっ。でも歌ってくれてみんな大拍手しても一分後にみんなわすれちゃっているし。

竹田　その伝統というか遺伝子というか。いまのザコに見事に引き継がれているよな。ザコは沢野さんと木村さんを足したみたいだ。

椎名　勝手きまま、というところでは西澤と沢野がよく似てるね。ふたりともチームの中でめちゃくちゃだけどけっこう若い奴への面倒見がいいしあれであいつらアタマもいいんだよ。両方副隊長格だし。

太陽　ドレイではどうですか。

椎名　アヤタンで最高のドレイは米藤だったな。力はあるしなんでもやるし、性格はいいし。ドレイの鏡だよね。時代的に彼と対応する沢田なんかはいつも逃げてたな。それでしまいには女優と結婚して。まあそれによってドレイでもそういう逆シンデレラの未来が（もしかすっと）あるんだ、という後のドレイの励みとなったのは評価するけれどね。

竹田　でも今のおれたちにはそういうのは望めないだろな。

椎名　今の雑魚釣り隊のドレイはみんなよく働く。みんな一般社会に出ていけばそこそこプロの仕事をバリバリこなしているし、こんな厳しい環境で汚れもの洗いや片付け仕事をさせて悪いなあ、と思うことがよくありますよ。

西澤　たしかに。

椎名　雑魚釣り隊創成期でいえば天野とか太陽とかドウムとかみんな気持ちいいやつら。今度の台湾合宿なんか新人のウッチーが毎日すべての便所掃除やってるのでおれはびっくりしたよ。京セラもおどおどしつついつも何か手伝いを探しているみたいだし。むかしはドレイが少なかったからおれなんかも必ず皿洗いなどやってたけどな。今でもおれ、キャンプで早起きしてるときゴミの片付けなんてやってる。その当時の感覚が抜けないんだね。

編集　これからの雑魚釣り隊はどうなっていくと思いますか。

椎名　むかしとちがって今は信じがたいほとシステマティックになっていて役割分担も見事です。デザイナー、フォトグラファー、編集者、プログラマー、ミュージシャン、エージェント、ライターとメディア関係のプロはひととおり揃っているので年間プランの会議なんか率先してやってて、ちょっとした会社みたい。

西澤　ああ。三十人もいるからな。

椎名　さらにアヤタン時代と違うのは釣りにかなりの成果が期待できるから生産性が上がっている。食料自給率はむかしとくらべるとそうとう高いよな。アヤタンの頃は潜って銛でサカナを突いてくるという石器時代の狩猟で日が暮れていた。釣りは小安がやっていたけど十年間で一匹も釣れないんだものなあ。沢野がいつも怒っていたよ。餌代で何か買ったほうがよっぽどいいって。

編集　じゃあ、雑魚釣り隊はまだまだ元気でやっていきますか。

椎名　悲しいのは、三十五年間のあいだに歳上、歳下含めてもう五人も仲間を亡くしていること。これがおれには何よりも辛いことだったなあ。みんな付き合いが長いからねえ。だからここまでやってきたんだから、みんなさらにもっと元気で長く生きて、一緒にもっといろんなバカをやって遊ぼうな、と思うんだよ。今度の台湾遠征は「あやしい探検隊」としての書き下ろし三部作のファイナルだけれど、「雑魚釣り隊」でまだまだいっぱい遊ぼうな、遊んでくれよな、って思う。おれはさして釣りの戦力にはならないけれどビールの戦力にはなるからな。これからはみんなの邪魔にならないようにじっと端っこで飲んでいるから。

二〇二五年十一月四日　新宿・池林房にてビールを飲みながら

あとがき

いやはや、またもやこんなふうにおおぜいで世の中に出てきてしまった。さいわいこのシリーズはどこか気のむいたところに乱入していく、というものなのですぐに日本から消えていきます。

乱入した先は台湾のずっと南の端っこのほうで観光地でも何かの名産地でも、怪しいお姫さまが隠れているところでもない、本当になんにもない寒村。

「できるだけなにもないところにしよう」

といって集まって決めたのだからあたりまえなのだった。ただし行ってみてわかったのだがニワトリが沢山いた。老いたオスで、タマゴは生まないわ、食ってもまずいわ、三十羽ぐらいが一日中けたたましく鳴いているのでうるさいわ。

かなり広い疎林のなかに、なんのためにつくったのかわからない二階建ての、我々にはちょうどいい家があって、着いた日から何もやることがなかった。

二十人以上の仲間とニワトリたちと合宿しました、という、とても人様に聞かせられない話を書いてしまいました。

三十五年ほど続いてきた「怪しい探検隊」はいろんなテーマでワサワサ動いてきましたが、「乱入」もの三部作の最後をもって、最終回となりました。みなさん長いあいだ探検隊をありがとう。

よく混同されるのでここに書いておきますが「怪しい雑魚釣り隊」は本書と同じような顔ぶれで「週刊ポスト」でまだ懲りずに続いています。

椎名　誠

二〇一九年八月二十三日

「あやしい探検隊」&「怪しい雑魚釣り隊」シリーズ

一九八〇年『わしらは怪しい探険隊』北宋社（一九八二年　角川文庫）
一九八四年『あやしい探検隊　北へ』情報センター出版局（一九九二年　角川文庫）
『イスタンブールでなまず釣り。』情報センター出版局（一九九一年　文春文庫）
一九八五年『あやしい探検隊　不思議島へ行く』光文社（一九九三年　角川文庫）
一九八八年『あやしい探検隊　海で笑う』情報センター出版局（一九九四年　角川文庫）
一九九一年『あやしい探検隊　アフリカ乱入』山と溪谷社（一九九五年　角川文庫）
一九九五年『あやしい探検隊　焚火酔虎伝』山と溪谷社（一九九八年　角川文庫）
一九九六年『鍋釜天幕団フライパン戦記　あやしい探検隊青春篇』本の雑誌社（二〇一五年　角川文庫）
『あやしい探検隊　焚火発見伝』小学館（一九九九年　小学館文庫）
一九九八年『あやしい探検隊　バリ島横恋慕』山と溪谷社（二〇〇二年　角川文庫）
一九九九年『鍋釜天幕団ジープ焚き火旅　あやしい探検隊さすらい篇』本の雑誌社（二〇一五年　角川文庫）
『春夏秋冬いやはや隊が行く』講談社
二〇〇八年『わしらは怪しい雑魚釣り隊』マガジン・マガジン（二〇〇九年　新潮文庫）
二〇〇九年『続怪しい雑魚釣り隊　サバダバ　サバダバ篇』マガジン・マガジン
（二〇一〇年　新潮文庫『わしらは怪しい雑魚釣り隊　サバダバ　サバダバ篇』に改題）
二〇一一年『あやしい探検隊　北海道物乞い旅』角川書店（二〇一四年　角川文庫『あやしい探検隊　北海道乱入』に改題）
『わしらは怪しい雑魚釣り隊　エピソード3　マグロなんかが釣れちゃった篇』マガジン・マガジン
（二〇一二年　新潮文庫『わしらは怪しい雑魚釣り隊　マグロなんかが釣れちゃった篇』に改題）
二〇一二年『どーしてこんなにうまいんだあ！』マキノ出版（二〇一六年　集英社文庫）
二〇一三年『おれたちを笑うな！　わしらは怪しい雑魚釣り隊』小学館（二〇一五年　小学館文庫）
『あやしい探検隊　済州島乱入』角川書店（二〇一六年　角川文庫）
二〇一五年『おれたちを笑え！　わしらは怪しい雑魚釣り隊』小学館（二〇一七年　小学館文庫）
二〇一七年『おれたちを跨ぐな！　わしらは怪しい雑魚釣り隊』小学館

一日一日を大切にしよう。

本書は、二〇一六年三月に小社より刊行された『あやしい探検隊　台湾ニワトリ島乱入』を加筆修正、改題のうえ、文庫化したものです。

さらばあやしい探検隊　台湾ニワトリ島乱入

椎名 誠

令和元年 9月25日　初版発行
令和6年 11月25日　6版発行

発行者●山下直久

発行●株式会社KADOKAWA
〒102-8177　東京都千代田区富士見2-13-3
電話　0570-002-301(ナビダイヤル)

角川文庫 21803

印刷所●株式会社KADOKAWA
製本所●株式会社KADOKAWA

表紙画●和田三造

●お問い合わせ
https://www.kadokawa.co.jp/（「お問い合わせ」へお進みください）
※内容によっては、お答えできない場合があります。
※サポートは日本国内のみとさせていただきます。
※Japanese text only

ISBN 978-4-04-108305-5　C0195

◆◆◆

角川文庫発刊に際して

角川源義

第二次世界大戦の敗北は、軍事力の敗北であった以上に、私たちの若い文化力の敗退であった。私たちの文化が戦争に対して如何に無力であり、単なるあだ花に過ぎなかったかを、私たちは身を以て体験し痛感した。西洋近代文化の摂取にとって、明治以後八十年の歳月は決して短かすぎたとは言えない。にもかかわらず、近代文化の伝統を確立し、自由な批判と柔軟な良識に富む文化層として自らを形成することに私たちは失敗して来た。そしてこれは、各層への文化の普及滲透を任務とする出版人の責任でもあった。

一九四五年以来、私たちは再び振出しに戻り、第一歩から踏み出すことを余儀なくされた。これは大きな不幸ではあるが、反面、これまでの混沌・未熟・歪曲の中にあった我が国の文化に秩序と確たる基礎を齎らすためには絶好の機会でもある。角川書店は、このような祖国の文化的危機にあたり、微力をも顧みず再建の礎石たるべき抱負と決意とをもって出発したが、ここに創立以来の念願を果すべく角川文庫を発刊する。これまで刊行されたあらゆる全集叢書文庫類の長所と短所とを検討し、古今東西の不朽の典籍を、良心的編集のもとに、廉価に、そして書架にふさわしい美本として、多くのひとびとに提供しようとする。しかし私たちは徒らに百科全書的な知識のジレッタントを作ることを目的とせず、あくまで祖国の文化に秩序と再建への道を示し、この文庫を角川書店の栄ある事業として、今後永久に継続発展せしめ、学芸と教養との殿堂として大成せんことを期したい。多くの読書子の愛情ある忠言と支持とによって、この希望と抱負とを完遂せしめられんことを願う。

一九四九年五月三日

角川文庫ベストセラー

絵本たんけん隊　椎名　誠

90年代に行われた連続講演会「椎名誠の絵本たんけん隊」。誰もが知る昔話や世代を超えて読み継がれてきた名作など、古今東西の絵本を語り尽くした充実の講演録。すばらしき絵本の世界へようこそ！

世界どこでもずんがずんが旅　椎名　誠

マイナス50℃の世界から灼熱の砂漠まで——地球の端から端までずんがずんがと駆け巡り、出逢った異国の情景を感じたままにつづった30年の軌跡。旅と冒険の達人・シーナが贈る楽しき写真と魅惑の辺境話！

帰ってきちゃった発作的座談会　椎名　誠、沢野ひとし、木村晋介、目黒考二

発作的座談会シリーズ屈指のゴールデンベスト＋初収録座談会を多数収録。一見どーでもいいような話題をおじさんたちが真剣に、縦横無尽に語り尽くす。無意味度120％のベスト・ヒット・オモシロ座談会！

いっぽん海まっぷたつ　椎名　誠

日本の食文化の分断線を確かめるため、酔眼おとっつあん集団、新たな旅へ⁉　海から空へ、島から島へ、息つく間もなく飛び回る旅での読書の掟、現地メシの極意など。軽妙無双の熱烈本読み酒食エッセイ！

椎名誠　超常小説ベストセレクション　椎名　誠

過去30年にわたって発表された小説の中から著者が厳選し加筆・修正した超常小説のベストセレクション。〝シーナワールド〟と称されるSFにもファンタジーにも収まりきらない〝不思議議世界〟の物語を濃密収録。

角川文庫ベストセラー

長さ一キロのアナコンダがシッポを噛まれたら　椎名　誠

もし犬や猫と会話できるようになったら？　長さ一キロのアナコンダがシッポを噛まれたら？　行動派作家、椎名誠が思考をアレコレと突き詰めて考えた！　くねくねと脳ミソを刺激するふむふむエッセイ集。

地球上の全人類と全アリンコの重さは同じらしい。　椎名　誠

人間とアリの本質的な違いとは何か？　地球の水はどうなってしまうのか？　中古車にはなぜ風船が飾られているか？　椎名誠が世界をめぐりながら考えた地球のこと未来のこと旅のこと。

過去　北方謙三

突きささる熱い視線。人波の中に立っていたのは刑事、村尾。四年ぶりの出合いだった……服役中の川口から、会いに来てくれという一通の手紙。だが、急死。川口は何を伝えたかったのか？

二人だけの勲章　北方謙三

三年ぶりの東京。男は死を覚悟で帰ってきた。迎え撃つ親友の刑事。男を待ち続けた女。失ったものの回復に命を張る酒場の経営者。それぞれの決着と信頼を賭けて一発の銃弾が闇を裂く！

さらば、荒野　北方謙三

冬は海からやって来る。静かにそれを見ていたかった。だが、友よ。人生を降りた者にも闘わねばならない時がある。夜、霧雨、酒場。本格ハードボイルド〝ブラディ・ドール〟シリーズ開幕！

角川文庫ベストセラー

角川文庫ベストセラー

角川文庫ベストセラー

約束の街②
たとえ朝が来ても
北方謙三

約束の街③
冬に光は満ちれど
北方謙三

約束の街④
死がやさしく笑っても
北方謙三

約束の街⑤
いつか海に消え行く
北方謙三

約束の街⑥
されど君は微笑む
北方謙三

友の裏切りに楔を打ち込むためにこの街にやってきたはずだった。友のためにすべてを抛つ男。黙した女の深き愛。それぞれの夢と欲望が交錯する瞬間、街は昂る！　孤高のハードボイルド。

私は、かつての師を捜しにこの街へ訪れた。三千万円の報酬で人ひとりの命を葬る。それが彼に叩き込まれた私の仕事だ。お互いこの稼業から身を退いたはずなのに、師は老いた躰でヤマを踏もうとしていた。

虚飾に彩られたリゾートタウンを支配する一族。彼らの実態を取材に来たジャーナリストが見たものは……血族だからこそ、まみれてしまう激しい抗争。男たちは愛するものを守り通すことが出来るのか？

妻を事故でなくし、南の島へ流れてきた弁護士。人の命を葬る仕事から身を退いた薔薇栽培師。それぞれの過去。そして守るべきもの。友と呼ぶには、二人の出会いはあまりにもはやすぎたのか。

N市から男が流れてきた。川中良一。人が死ぬのを見過ぎた眼を持っていると思った。彼の笑顔はいつも哀しそうだとも思った。また「約束の街」に揉め事がおこる。

角川文庫ベストセラー

夜を走る　トラブル短篇集　筒井康隆

アル中のタクシー運転手が体験する最悪の夜、三カ月以上便通のない男の大便の行き先、デモに参加した女子大生を匿う教授の選択……絶体絶命、不条理な状況に壊れていく人間たちの哀しくも笑える物語。

佇むひと　リリカル短篇集　筒井康隆

社会を批判したせいで土に植えられ樹木化してしまった妻との別れ。誰も関心を持たなくなったオリンピックで黙々と走る男。現代人の心の奥底に沈んでいた郷愁、感傷、抒情を解き放つ心地よい短篇集。

出世の首　ヴァーチャル短篇集　筒井康隆

物語、フィクション、虚構……様々な名で、我々の文明に存在する「何か」。先史時代の洞窟から、王朝、戦国をへて現代のTVスタジオまで、時空を超えて現れるその「魔物」を希求し続ける作者の短篇。

ビアンカ・オーバースタディ　筒井康隆

ウニの生殖の研究をする超絶美少女・ビアンカ北町。彼女の放課後(オーバースタディ)は、ちょっと危険な生物学の実験研究にのめりこむ、生物研究部員。そんな彼女の前に突然、「未来人」が現れて――！

にぎやかな未来　筒井康隆

「超能力」「星は生きている」「最終兵器の漂流」「怪物たちの夜」「007入社す」「コドモのカミサマ」「無人警察」「にぎやかな未来」など、全41篇の名ショートショートを収録。

角川文庫ベストセラー

偽文士日碌　筒井康隆

後期高齢者にしてライトノベル執筆。芸人とのテレビ番組収録、ジャズライヴとSF読書、美食、文学賞選考の内幕、アキバでのサイン会。リアルなのにマジカル、何気ない一コマさえも超作家的な人気ブログ日記。

二人の彼　群ようこ

こっそり会社を辞めた不甲斐ない夫、ダイエットに一喜一憂する自分。自分も含め、周りは困った人と悩ましい出来事ばかり。ささやかだけれど大切な、〝思い〟をつめこんだ誰もがうなずく10の物語。

三味線ざんまい　群ようこ

固い決意で三味線を習い始めた著者に、次々と襲いかかる試練。西洋の音楽からは全く類推不可能な旋律、はじめての発表会での緊張——こんなに「わからないことだらけ」の世界に足を踏み入れようとは！

しいちゃん日記　群ようこ

ネコと接して、親馬鹿ならぬネコ馬鹿になることを、「ネコにやられた」という——女王様ネコ「しい」と、御歳18歳の老ネコ「ビー」がいる幸せ。天下のネコ馬鹿が贈る、愛と涙がいっぱいの傑作エッセイ。

財布のつぶやき　群ようこ

家のローンを払い終えるのはずっと先。毎年の税金問題も悩みの種。節約を決意しては挫折の繰り返し。〝おひとりさまの老後〟に不安がよぎるけど、本当の幸せって何だろう。暮らしのヒントが詰まったエッセイ。

角川文庫ベストセラー

老いと収納　群　ようこ

マンションの修繕に伴い、不要品の整理を決めた。壊れた物干しやラジカセ、重すぎる掃除機。物のない暮らしには憧れる。でも「あったら便利」もやめられない。老いに向かう整理の日々を綴るエッセイ集！

沙門空海唐の国にて鬼と宴す　全四巻　夢枕　獏

唐の長安に遣唐使としてやってきた若き天才・空海と、盟友・橘逸勢。やがて二人は、玄宗皇帝と楊貴妃の悲恋に端を発する大事件にまきこまれていく。中国伝奇小説の傑作！

神々の山嶺（いただき）（上）　夢枕　獏

天賦の才を持つ岩壁登攀者、羽生丈二。第一人者となった彼は、世界初、グランドジョラス冬期単独登攀に挑む。しかし登攀中に滑落、負傷。使えるものは右手と右足、そして——歯。羽生の決死の登攀が始まる。

神々の山嶺（いただき）（下）　夢枕　獏

死地から帰還した羽生。伝説となった男は、カトマンドゥにいた。狙うのは、エヴェレスト南西壁、前人未到の冬期単独登攀——！　山に賭ける男たちの姿を描ききり、柴田錬三郎賞に輝いた夢枕獏の代表作。

エヴェレスト　神々の山嶺（いただき）　夢枕　獏

世界初のエヴェレスト登頂目前で姿を消した登山家のジョージ・マロリー。謎の鍵を握る古いカメラを入手した深町誠は、孤高の登山家・羽生丈二に出会う。山に賭ける男を描く山岳小説の金字塔が、合本版で登場。